생각 속에 갇힌 인간

이 책을 결혼 30주년을 맞아
제 힘으로 제 갈 길을 잘 열어 나가고 있는 아이들과
뒷바라지에 수고하는 아내에게
헌정한다.

61가지 재미를 선사하는 사유와 생활철학 에세이

61

생각 속에 갇힌 인간

정임표 지음

선우미디어 sunwoomedia

생각은 사람을 가두는 감옥이다

생각은 사람을 가두는 감옥이다. 생각을 탈출해야 참 자유를 얻는다. 생각에서 벗어나는 길은 자신을 궁구하여 자신의 참 모습을 발견하는 길 뿐이다. 이 책은 그런 관점에서 쓴 글들이다.

계속 걸을 것이다.

제 3 부

어느 전쟁 베이비의 독백

제 3 부

어느 전쟁 베이비의 독백

1부

하나님이 주신 선물

좋은 책을 읽다보면

문득 좋은 친구가 생각나서

읽고 난 뒤 그 책을 보내고 싶어진다.

1
하나님이 주신 선물

사람이 깨우쳤는지를 확인하는 방법은 쌀에다가 먹지 못하는 것을 넣어서 주어 보면 안다. 깨우친 사람은 검불과 지푸라기와 돌멩이를 골라내고 밥을 지을 줄 알고, 깨우치지 못한 사람은 전부가 쌀인 줄 알고 그대로 밥을 지어서 먹지 못하게 만든다. 큰스님이 공부하는 제자들에게 가끔 천진한 장난이나 엉뚱한 선문답을 하는 것은 깨우침의 정도를 확인하는 방편이다.

깨우친 사람은 어떠한 경우라도 먹을 것과 먹지 못할 것을 구별해 낸다. 깨우침은 말과 문자에 있지 않다. 말과 문자는 전하려는 것을 담는 그릇인데, 사람들은 어리석게도 그릇 속에 담긴 음식은 보지 않고 그릇만 보고서 기분 나빠하며 지지고 볶고 싸우며 사는 것이다. 그릇에 욕을 써 놓아도 그 속에 금은보화가 가득 들어있다면 누구든 얼른 그 그릇을 취하지 않겠는가? 그때 누군가가 본 것은 그릇이던가, 금은보화이던가.

나에게는 잊지 못할 그릇 이야기가 하나 있다. 총각 때 부산에서 신학교를 다닌 적이 있다. 회사 일을 마치고 학교 가서 공부하고 하숙집으로 돌아오면 자정이 다 되었다. 크리스마스를 앞둔 즈음이지 싶다. 거제리 시장 골목길을 지나오는데 길 위에 예쁘게 포장된 제법 큰 선물 상자가 떨어져 있었다. 주위에는 아무도 없었다. 누가 이걸 여기에다 떨어뜨리고 갔을까 의아해 하며 주워들었다. 흔들어 보니 속에서 딸그락거리는 소리가 들린다. 그 골목에는 짙은 화장을 한 아가씨들이 술집의 문설주에 기대서서 지나가는 나를 향해 손짓을 하기도 하는 곳이다. 술 취한 누군가가 크리스마스 선물을 흘리고 간 모양이라 여기며 주변을 살피니 아무도 없었다. 예쁜 포장지로 정성스럽게 포장되어 있었다. 큰 횡재를 한 듯 두리번거리다가 집으로 가져 왔다. 함께 하숙하는 친구는 자고 있었다. 속에 뭐가 들었을까?

책상 위에다 상자를 올려놓고는 혹여 친구가 깰세라 조심스럽게 풀었다. 겉포장을 풀고 나니 그 속에 또 다른 포장이 나온다. 아주 귀한 선물을 담은 듯 속 포장까지 정성을 다한 흔적이 역력하다. '귀한 물건이 들었다면 이걸 어떡해야 하나? 주인을 찾아줘야 하나? 아니야, 이건 하나님이 내게 준 선물일 거야. 왜 하필이 상자가 아무도 없는 골목길에, 내가 퇴근하던 그 시간 그 길 위에 떨어져 있었겠느냐 말이야. 돌려주려 해도 주인이 누군지 알 수도 없잖아.' 별의별 생각이 다 들었다. 속 포장을 조심스럽게 풀고서 그 속을 들여다 본 나는 그만 까무러칠 듯 놀랐다. 상자 속에는 온갖 오물들이 가득했다. 담배꽁초, 코를 푼 휴지, 가래, 연탄재, 빈 음료수 캔…. 황급히 상자를 닫은 후 그걸 들고 밖으로 나왔다. 누군가가 지나가는 행인을 놀리려고 거짓 선물 상자를 길에다 흘려 둔 것이었다. 어디엔가 숨어서 내 모습을 보고 키득거렸을 그를 생각하니 식은땀이 다 났다. 누가 볼세라 쓰레기통에다 그 선물 꾸러미를 쑤셔 넣고는 골목으로 나왔다. 추웠다. 하늘에는 별이 빛나고 있었다. 예리한 별빛이 투명한 얼음조각처럼 가슴을 찔러왔다. 하나님이 내 속마음을 훤히 들여다보고 있는 듯 하였다.

그날 밤, 그 상자 속에 든 것이 쓰레기가 아닌 하나님의 크신 선물이었음을 아는 데는 좀 더 많은 시간이 필요했다.

2 | 척

믿는 척하는 사람과 진실로 믿는 사람이 있다. 사랑하는 척하는 사람과 정말로 사랑하는 사람이 있다. 나도 척하는 행동을 자주 한다. 우울한 날이라도 이웃을 만나면 명랑한 척 인사를 하기도 하고, 화가 잔뜩 나 있을 때도 그렇지 않은 양 참기도 하고, 때로는 사고를 숨기는 아이에게 신뢰를 회복할 기회를 주려고 알면서 모른 척하기도 한다. 척이 가볍게 좋은 쪽으로 쓰인다면 위트나 유머처럼 우리의 삶을 행복하게 해준다.

사업상 알게 되어 가까워진 분이 있다. 성실하신 분이다. 그날 이야깃거리가 '소통'이었다. 나는 고봉과 퇴계의 서신 교환을 화제로 삼았다. 나이와 거리를 뛰어 넘어 두 분이 그 오랜 세월 동안 주고받은 것이 무엇인지 참으로 궁금하다는 것과 나도 그런 친구를 한명쯤은 갖고 싶다는 것이 내 이야기의 골자였다. 대화중에 내가 남들과 소통을 잘 해나간다고 여긴 그분이 짐승들과도 대화가 되는지 물었다. 그 순간 참으로 묘한 기분이 들며 나는 내가 성 프란시스라도 된 것처럼 '척'하고 싶어졌다. '교감(交感)'이라고 답했다. 시인도 부인도 아닌 답이었지만 문자와 말로 소통하지 않는 동물들의 정서를 이해한다면 짐승과도 교감을 이루지 못할 것이 없다는 생각이 들었다. 그 때의 내 기분은 탱자나무 울타리 너머로 빨간 사과를 따려는 아이가 팔을 뻗기 전에 주위를 두리번거리는 눈빛 같은 두려움과 교활함이 뒤범벅이 된 그런 기분이었다. 짐승들과 대화하는 사람을 본다면 우리는 그를 신비한 사람으로 추앙할 것이다.

살다보면 가끔은 아주 나쁜 척을 만난다. 미워하면서 사랑하는 척, 속이면서 위하는 척, 멸시하면서 존경하는 척, 탐욕스러우면서도 전혀 욕심이 없는 척하는 사람들이 있다. 그러나 더러는 부자이면서도 그걸 감추고 아주 소박하게 사는 사람을 만나기도 하고, 지혜가 무량하면서도 한없이 어리석어 보이는 분을 만나기도 한다. 후자를 만나면 그와 끊임없이 대화를 나누고 싶어진다. 둘 사이에 넘치는 교감 탓이었는지 나의 척 탓이었는지 그날 나는 과음 했다.

이튿날 새벽에, 아픈 머리를 이끌고 봉무공원을 산책 했다. 저 만치서 다람쥐 한 마리가 나를 보더니 숲 속으로 쪼르르 달려가서 숨는다. '짐승들과도 대화가 되는가?'하고 묻던 간밤의 물음이 떠올랐다.

‘다람쥐는 왜 나를 피하는가?’

‘나를 경계하는 때문이다.’

‘왜? 나를 경계하는가?’

‘자기를 해칠지 모른다는 정서가 다람쥐에게 있기 때문이다.’

‘경계를 풀게 하려면 어찌해야 하는가?’

‘내게 너를 해할 마음이 없음을 먼저 전해야 한다.’

‘어떻게 전할 것인가?’

‘먹을 것을 줘야 한다.’

‘먹을 것을 주는 척하면서 나를 잡아갈지도 모른다고 여기지는 않겠는가?’

　호수를 두 바퀴나 돌 동안 나는 ‘척’을 두고 생각에 생각을 거듭하였지만 다람쥐와의 교감은 이루어지지 않았다. 모든 살아 있는 것들은 척을 경계하면서도 척하며 살아가고 있다는 생각이 드는데 동쪽 산 위로 해가 떠오르고 있었다. 예수를 메시아로 고백한 베드로도 자기가 입으로 시인한 그것을 세 번이나 부정하고서야 비로소 척하는 마음에서 깨어나 자신을 바로 보게 되었으리라는 생각이 들었다. 그때도 아마 동이 트는 새벽이었지 싶다. 사람들로부터 우러름을 받고 싶은 마음이 내게서 떠나는 그날이 ‘척’에서 놓여나 참 자유를 찾는 날이 될 것이란 생각이 들었다.

17

3 이중성

초등학교 시절, 어느 날의 하굣길이었다. 손 씨 어른의 과수원에는 빨갛게 사과가 익어 있었다. 나보다 두 살이나 어린 아이가 사과를 따먹자고 했다. 가슴이 졸여서 못하겠다고 하니 망만 보라고 한다. 과수원 울타리는 늘 허술하였고 사과는 그 전날에도, 또 그 전날에도 그렇게 탐스럽게 익어 있었다. 사과는 엄연히 남의 것이었고 그걸 취한다는 생각은 그때까지 한 번도 해본 적이 없었다.

그런데 우연히 정말 우연히, 동행하던 아이가 사과 서리를 제안하자 내 눈길은 사과가 아닌 탱자나무 울타리의 개구멍으로 쏠리고 있었다. 그렇다고 내 마음이 사과를 훔치는 일에만 팔린 것은 아니었다. 사과를 따다가 주인에게 들키면 그 창피를 어찌 감당할 것인가를 생각하고 있었다. 나는 전교 어린이 회장이었다. 주인은 대번에 이렇게 말할 것이다. "회장이면 모범을 보여야 할 놈이 이런 행동을 하다니, 사과를 딴 놈보다 더 나쁜 놈"이라며 선생님께 가자고 내 손목을 잡아끌 것이다. "네 부모는 뭐하는 사람이냐?"고 하면서 부모님까지 욕을 보일지 모른다. 나는 그 짧은 순간에 사과를 훔치는 것이 옳지 못한 행동이니 중지해야 한다는 것을 생각한 게 아니라 들킨 후에 일어날 난감한 상황만을 염려하고 있었다. 그런데 나보다도 어린 아이가 어디서 그런 순발력이 나오는지 난감해 하는 나를 보더니 생각할 틈도 주지 않고 망만 보라는 것이었다.

참으로 기막힌 유혹이었다. 책임을 지우지는 않을 테니 모른 체 하고만 있어라. 그러면 그 대가로 사과를 나눠 주겠다는 제안이 아닌가. 들키면 잽싸게 달아날 수 있고, 그 아이가 입만 다물어 준다면 아무 일도 없었던 듯 집으로 오면 되고, 또 설혹 나와 함께 사과 서리를 했다고 자백을 하더라도 '나는 절대로 그런 적이 없다'고 잡아 뗄 수도 있지 않는가. 벌은 그 아이 혼자서 받을 것이고 또 주인에게서 풀려난 그 아이가 혼자서 달아난 나의 비겁함을 탓하더라도 나는 처음부터 사과 서리를 못하겠다고 말하지 않았느냐고 도리어 큰 소리까지 칠 수가 있지 않는가 말이다.

망만 보라는 제안을 받고 보니 내가 망을 보든, 그냥 풀밭에 누워서 하늘의 구름만 바라보든, 나의 행위는 그가 사과를 훔치는 일과는 전혀 별개의 일처럼 느껴졌다. 책보를 벗어 내게 맡긴 그는 살금살금 개구멍으로 들어갔고 나는 과수원 주위를 연신 두리번거렸다. 주인을 감시한 게 아니라 그가 들키는지 여부를 살핀 것이다. 그가 시야에서 사라졌다. 숨어서 기다리는 내 가슴은 사과를 따러간 그보다도 더 콩닥거렸다.

얼마의 시간이 흘러 그 아이가 잘 익은 사과를 하나 따 왔다. 둘은 풀밭에 숨어서 사과를 비틀며 반으로 자르려고 하였지만 손보다 훨씬 더 큰 사과를 쪼갤 수가 없었다. 위험한 일을 그가 해냈으니 나는 사과라도 둘로 나누어야 체면이 선다는 것을 알고 있었다. 책보를 풀고 연필 깎는 칼을 꺼냈다. 면도날처럼 얇고 날카로운 칼이었다. 사과 꼭지 한 가운데다 날을 박았다. 깊게 쑤셔 넣었다. 그었다. 사과에서 튕겨 나온 칼날이 사과를 쥔 왼쪽 손가락 위를 빠르게 지나갔다. 뼈가 허옇게 보였다.

면도날에 깊이 베이면 그 순간에는 피가 한 방울도 나오지 않는다. 오른손의 엄지로 상처를 꽉 누른 다음 보드라운 흙을 뿌리고 러닝셔츠 자락을 찢어서 감싸 매었다. 셔츠 자락 위로 선혈이 배어나오고 있었지만 누구에게도 말할 수가 없었다.

나의 왼손 중지에 기다랗게 칼로 베인 흉터는 그때의 흔적이다. 뉴스에서 부하들이 훔쳐오는 사과상자를 받았다가 들통이 나자 맹세코 그런 일이 없었다며 잡아떼는 소리가 들린다. 망을 봐주면 사과도 먹을 수 있고 빠져나갈 수 있는 구멍도 있고….

행동하는 자는 생각이 단순하고, 망을 보는 자는 늘 생각이 복잡하다.

4 간판공화국

대한민국에서 돈을 가장 잘 버는 직업은 간판 장사이지 싶다. 내가 지금의 직업을 택하지 않았다면 나는 틀림없이 간판 장사를 했을 것이다. 길거리로 한 발짝만 나가면 온통 간판의 숲이다. 간판으로 건물의 벽을 몽땅 가리고도 모자라 밤새도록 번쩍거리는 불빛으로 장식한다. 간판으로만 보면 그 집이 세상에서 가장 좋은 물건을 파는 집이다.

정치인들도 간판을 좋아한다. 목 좋다는 네거리의 건물을 빌려서 선전용 플래카드로 감싸고 자기 자랑에 열을 올린다. 후보마다 머슴의 아들이고, 채소 장사 아들이고, 소 장수 아들이다. 고난을 극복하지 못한 인물은 아예 얼굴도 내밀지 말라는 이야기다. 그런데 문제는 이놈의 간판이 사흘이 멀다 하고 바뀐다는 것이다. 어제는 옷가게, 오늘은 분식점, 내일은 또 중국집, 오늘은 이당, 내일은 박당…, 그것도 모자라 아예 이름을 통째로 고쳐버린 당도 있다.

간판을 새로 달면 하나같이 고객을 왕으로 모시겠다며 코가 땅에 닿도록 허리를 굽히지만 일어서면 곧바로 간판부터 바꾼다. 간판이 자주 바뀌는 이유가 가게주인 탓인지 간판 장사 탓인지는 알기조차 어렵지만 아무튼 간판 장사들의 시장 침투는 집요하고 집요하다. 대학원 졸업 논문도 백만 원이면 대신 써주고, 박사학위 논문도 삼백만 원이면 써준단다. 대학은 수강료 수입을 올리니 좋고, 교수는 강의수당 받아서 좋고, 논문 대행업체는 돈 벌이가 되어서 좋고, 학생은 학위를 따서 좋다. 명함마다 박사님이고 교수님이니 손해 보는 사람 하나 없는 게 간판 장사다.

이제 간판 장사는 문학계에까지 들어왔다. 아무나 발행인이고, 잡지마다 신인 등단이다. 작가는 우쭐할 수 있어서 좋고, 문예대학은 등단을 많이 시켜서 좋고, 잡지사는 책을 많이 팔아서 좋고, 협회는 회원들이 늘어나서 좋다. 누이 좋고 매부 좋은 게 등단 장사다. 책 팔아주고 광고 실어줄 능력만 있으면 이제는 편지만 쓸 줄 알아도 작가가 될 수 있다. 상장만 준다면 상금은 되돌려주는 문학상까지 있다고 하니, 글 실어주고 돈 받는 잡지까지 나오지 말라는 법이 없다.

정치하는 사람치고 석·박사, 시인, 수필가가 아닌 자는 바보등신이다. 돈과 권세 위에다 학위로 분칠하고, 문학으로 연지곤지를 그리니 모두가 순결한 새색시다. 그들의 출판기념회에 참석한

인원이 수천 명을 헤아린다 하니 머지않아 세계적인 문화대국이 눈앞에 전개될 모양이다.

모두가 사장님인 우리나라, 모두가 회장님인 우리나라, 모두가 박사님인 우리나라, 모두가 시인, 수필가인 우리나라, 모두가 선생님인 우리나라, 간판만 따면 누구나 위대한 국민이 되는 나라, 수단과 방법을 가리지 않고 껍데기만이라도 기어이 남과 똑같아지고 나서야만 비로소 안심할 수 있는, 세계 어디에도 없는 평등공화국, 국제투명성기구에서 발표한 부패지수 10점 만점에 5.5점을 얻은 겉과 속이 이렇게 다른 나라에서 간판 장사를 하면 떼돈을 벌지 않을 수가 없을 것이다.

'정신을 팔아서 간판을 사는 위대한 간판 공화국 만세!'

이렇게 글을 쓰고 보니 한 40년쯤 지나서 내 손자가 할아비 제사를 지내며 하는 말이 이렇겠지.

"할아버지 말씀 듣고 간판 장사를 했는데 아무도 간판을 바꾸지 않으니 쫄딱 망해버렸습니다. 할아버지, 이제 저도 간판을 바꾸면 안 되겠습니까?"

저승에 있는 이 할애비 대답이다.

"아무도 간판 장사 하지 않을 때, 그때가 진짜로 간판이 필요할 때니 계속해서 간판 장사를 해라!"

5

좋은 글, 좋은 친구

좋은 글을 만나면 마치 좋은 친구를 만난 듯하다. 좋은 글을 읽고 나면 자신도 모르게 작가에게 친근감이 느껴지고 그를 한번 만나보고 싶어지는 것도 좋은 글이 좋은 친구와 다르지 않기 때문이다.

좋은 친구란 어떤 사람인가? 깊기는 바다 속 같고, 맑기는 숲속에 이는 바람 같고, 따스하기는 어미 닭의 날갯죽지 같고, 겸손하기는 커다란 해바라기 같은 사람이다.

좋은 친구에게서는 내가 좋아하는 향기가 난다. 그 향기는 시끄럽지 않다. 자신을 내세우거나 꾸미지 않는다. 받고자 하는 마음보다 주고자 하는 마음이 앞선다. 솔직하면서도 담담하고, 담담하면서도 정겹다. 그 향기는 떨어져 있을수록 더욱 더 맑아진다. 그 맑음 때문에 먼 곳에 있는 친구를 마다 않고 찾아간다.

글에도 내가 좋아하는 향기가 있다. 좋은 책을 손에 잡으면 그 속에서 그윽한 향기가 피어나와 밤을 새워 가며 읽도록 만든다. 그래서 좋은 책이 있다는 소문이 들리면 인터넷을 뒤져서까지 주문을 하고는, 오늘 오는지 내일 오는지 기다려지는 것이다. 좋은 친구는 헤어지자마자 그리워지고, 좋은 글은 읽고 나서 또 다시 읽는다. 그 향기를 못 잊는 탓이다.

나무의 향기는 꽃에서 나고, 사람의 향기는 정(情)에서 나고, 글의 향기는 문장에서 난다. 좋은 책을 읽다보면 문득 좋은 친구가 생각나서 읽고 난 뒤 그 책을 보내고 싶어진다. 우정이나 문정이나 그 바탕이 같은 때문이다.

6 머리 이야기

팔공산에 갔다가 아스팔트길을 건너는 뱀을 만났다. 아내가 기겁을 하며 비명을 질렀다. 막대를 주워서 뱀을 이리저리 몰아 숲속으로 돌려보냈다. 어릴 때 서커스 구경을 갔다가 머리가 둘 달린 뱀을 보았다. 하나는 머리가 크고, 하나는 좀 작아보였다. 머리 둘 달린 뱀이 같은 방향으로 움직일 때는 민첩하였지만 다른 방향으로 달릴 때는 서로를 물어뜯으려 하고 있었다. 상대를 물면 자신도 고통스럽지만, 심할 때는 아주 한 쪽을 죽여 놓으려고 한다.

사람들은 뱀을 무서워한다. 뱀은 배에 달린 비늘이 일어나서 미는 힘으로 달린다. 팔도 다리도 없는 것이 잼싸게 달린다. 뱀이 무서운 것은 온몸이 머리를 절대적으로 신뢰하기 때문이다.

사람은 머리가 하나요, 눈이 둘이요, 귀가 둘이요, 입은 하나다. 한쪽 말만 듣지 말고 좌우를 살펴서 한가지로만 표현하라는 뜻이다. 또 콧구멍이 둘이요, 손과 발이 각각 둘이다. 콧구멍이 둘인 것은 한쪽 구멍이 막혔을 때를 대비한 것이고, 손이 둘인 것은 협력해서 일하라는 것이며, 발이 둘인 것은 서 있지 말고 앞으로 나아가라는 의미이다. 왜 그리 해석해야 하는가하면 그래야 우리 의 삶이 행복해지는 때문이다.

　가을이다. 빗질할 때마다 두보가 읊은 '백두소갱단 혼욕불승잠(白頭搔更短 渾欲不勝簪)'이란 시구가 생각난다. 머리가 바스러지고 짧아져서 꽂은 비녀 하나를 버티지 못한다는 뜻이다. 세월이 가면 머리카락도 꽃이나 나무들처럼 시들어간다. 모든 것이 다 살아 있을 때 필요한 것이다. 소꼬리보다 참새 머리가 되는 게 낫다고 배웠다. 잘못된 가르침이다. 잘못 배우면 잘못된 신념이 평생을 지배하여 삶을 힘들게 한다.

　가을은 사색의 계절이다. 사색은 생각의 오류를 걸러내는 거름망이다. 최근에 작은 사업을 하게 된 친구를 만났다. 여러 가지로 걱정이 되어서 이런저런 이야기를 들려주었다. 그랬더니 이친구가 '나는 마키아벨리가 될 것'이라고 한다. 무슨 뜻으로 한 말인지 모르겠지만 그 말을 듣는 순간 소름이 끼쳤다. '목적을 위해 수단과 방법을 가리지 않는다.'는 의미만 암기하고 있기 때문이다. 나는 그가 추구하는 목적이 무엇인지 물어보고 싶었지만 참았다.

　부분을 전부인 양 잘못 알고 있는 생각, 껍데기를 알맹인 양 잘못 알고 있는 생각, 자신의 생각이 무오(無誤)하다는 어리석음이 내게도 얼마나 많은지 모른다. 나는 글을 쓰면서 머릿속에서부터 잘못 형성된 이런 엉터리 신념을 바로잡으려는 노력을 하고 있다. 이제부터라도 바른 삶을 살아야한다는 생각 때문이다.

소꼬리도 참새 머리도 내게 행복을 가져다주지 않는다면 모두 다 무용지물이다. 머리 둘 달린 뱀이 서로를 물어뜯는 것은 자신이 머리가 되겠다는 권력욕 때문이 아니라 생각이 둘인지라 육신과 영혼이 견딜 수 없도록 괴로운 때문이다. 어리석은 인간들은 머리 둘 달린 뱀을 보면서도 권력만을 생각한다. 몸이 시들면 머리도 소용없고 그 위에 쓴 왕관도 저절로 땅으로 떨어진다. 비녀 하나도 감당하지 못하는데 그 무거운 왕관을 어찌 견딜 수 있겠는가. 삶에 무소용인 머리가 되려하지 말고 이미 가지고 있는 머리에다 깨우침을 담으려 해야 참 행복을 얻을 수가 있다.

그래도 꼬리보다는 머리가 낫다고 여기는가? 그러면 먼저 멍청한 머리에 달린 꼬리의 고통부터 생각하길 바란다. 마키아벨리는 백성의 행복을 위해서 군주가 욕심 많은 신하들을 어떻게 다루어야 하는가를 고민한 사람이다. 리비아의 독재자 카다피가 하수도 구멍에서 끌려나와 시민군에 의해 살해된 후 돼지고기처럼 쇼핑센터 냉장실에 뉘여 진 동영상이 보도되었다. 꼬리를 짓밟고 군림하던 머리의 마지막 모습이다. 자연은 우리가 행복해지도록 창조되고 진화되었다. 머리가 되라고 가르치는 모든 잘못된 교육을 이제부터라도 중지해야 한다. 재스민 향기가 머릿속까지 맑게 한다.

7 | 어항 속의 물고기

어항 속의 물고기가
물 위로 입을 내놓고 뻐끔거리고 있다
맑은 물에서 살고 싶다
맑은 물에서 살고 싶다

어항을 깨면 고기가 죽을 것이고, 어항이 없어지면 갇히는 일은
없을 것이다. 나는 깰까 말까 고민 중인데, 사람들이 모여서 한마
디씩 한다.

숨만 쉬면 죽지 않는다는 사람, 고기를 바꾸라는 사람, 누가
여기다가 물고기를 넣었느냐는 사람, 규정을 따지는 사람, 내 관
할이 아니라는 사람, 물고기 입을 틀어막자는 사람, 나서면 손해
라는 사람, 체면 때문에 나설 수 없다는 사람, 어느 편에 설지
눈치 보는 사람, 잘난 척한다는 사람, 어항에 들어간 놈이 바보라

는 사람, 그래서 죽어도 싸다는 사람, 죽음이 무엇인지 고민하는 사람, 물고기를 위해서 기도하자는 사람, 마지막에는 아무 관심도 없는 사람-.

어항에 갇힌 물고기가
물 위로 입을 내놓고 뽀끔거리고 있다.
바다에서 살고 싶다
바다에서 살고 싶다

8
함정

두 가지 유형의 사람이 있다. 한 사람은 이기적인 사람이고 다른 한 사람은 이타적인 사람이다. 당신은 누구를 친구로 삼겠는가? 후자를 친구로 삼겠다고 하면 당신은 이기적인 사람이다. 왜냐면 이타적인 사람을 친구로 택해야 손해를 보지 않는다는 당신의 이기심이 작동한 것이니까. 그렇다면 전자를 친구로 택하겠다는 사람은 이타적인 사람인가? 하고 되묻고 싶을 것이다. 그는 거짓말을 하는 사람이다. 어느 쪽이 더 좋은 사람인가하면 거짓말을 하는 사람이 더 나쁜 사람이다.

이기심을 버리라는 교육이 과연 옳은 것인가? 이기심이란 존재를 위한 필요적이고 본능적인 행위이다. 이기적인 사람은 나쁜 사람이라는 윤리교육을 받은 우리는 자신을 생각하지 않고 남을 위해서 희생하고 봉사하는 사람을 동경하는 혼란 속에서 살아왔다. 그래서 우리는 배운 것과 다르게 행동하려는 자기본능 때문에 괴롭고, 때로는 이기적이지 못했던 자신의 행동을 후회하면서 괴로운 것이다. 따라서 이기적으로 살되 내가 존재해야 하듯이 남도 존재해야 하니 타인의 존재에 위협이 되지 않는 선에서 그대의 이기심을 멈추고 이타심을 발휘해야 한다고 가르쳐야 바른 가르침이 되지 않겠는가. 이기심과 이타심 사이에서 잘못된 교육을 받아온 모범학생들은 사회 진출 후 가장 먼저 이 함정에 빠져서 괴로워한다.

　문학에 심취할수록 우리 사회가 얼마나 이율배반적인 가식 속에 살고 있는지를 확인한다. 그런 것들을 글로 써 내야 하는데 능력이 미치질 못한다. 보는 것도 어렵고 쓰는 것도 어렵다. 떠돌이 개들이 늘어나고 있다 한다. 개 같이 벌어서 정승 같이 쓰겠다던 사람들까지 더하여진 것은 아닌지 모르겠다. 함정에 한 번 빠지면 밖으로 나오기가 어렵다.

9
열등감에게

일생을 따라다니며 나를 괴롭혀온 그대에게 오늘은 작심하고 그대의 실체를 전하고자 한다. 그대는 늘 친구인 듯 붉은 입술을 내 귀에다 대고 속삭였지만 그대는 나의 친구가 아니라 세상 모든 독의 근원이다. 그대는 전갈의 독에다가 비상을 섞은 것 보다 더 강한 독이자 미움, 시기, 질투와 같은 모든 부정적인 인간마음의 뿌리다. 당신은 당신이 모르는 상대를 향해서는 결코 그대의 참모습을 드러내지 않는다. 오히려 그들 앞에서는 더욱 더 거룩한 천사의 모습으로 그대를 나타낸다.

당신은 늘 친구, 동료, 가족, 형제, 친척, 이웃과 같이 가장 가까이에 있는, 때로는 당신에게 가장 절실히 필요한 존재들을 향해서 그대를 드러낸다. 무심중에 있다가 당신이 뿜어 낸 연기를 한 모금 들이켜고 나면 나는 정신이 하나도 없어지고 마음이 흥분되어서 무엇을 어디서부터 어떻게 해결해야 할지 모르는 지경에 빠지게 된다. 지금까지 살면서 그런 경우가 어디 한 두 번이던가. 나는 그대가 그 지독한 독을 품어 낼 때마다 그대를 변호할, 그대를 합리화시킬 적절한 단어를 찾아 주었다. 그래도 그대는 그대의 독을 중화시키기는커녕 더욱더 당당하게 그대의 모습을 드러냈다. 나도 이제는 지쳤다. 당신은 무슨 이유로 내게로 와서, 성공한 친구가 밥을 한 끼 사는 일에 까지 잘 대접 받았다며 입으로는 감사하면서도 속에서는 빈정거림이 일도록 만드는가? 지인이 상을 받거나 영전하는 것을 보면 왜 축하하는 마음 뒤에서 배가 아픈 마음이 일어나도록 하는가? 왜 그대는 사랑, 이해, 협력, 관용, 거룩과 같은 내 성스러운 특질을 미워하며 시기, 질투, 배신, 복수와 같은 악마적인 특질을 발휘하게 만드는가? 그래서 내가 쌓아온 거룩한 성을 내 스스로 허물도록 하는가? 길 위에 떨어진 돌멩이 하나도 그 존재의 이유가 있을 것인데 도대체 당신이란 존재의 당위성은 무엇인가?

가을을 재촉하는 비가 내린다. 창가에 서서 빗줄기 떨어지는 어둠을 응시하듯 나는 아주 오래 전에 내가 그대를 처음 본 그날을 응시한다. 초등학교 운동회 날, 앞서 달려가는 계집아이의 머리끄덩이를 잡아당겨 넘어뜨리면서까지 1등을 하려던, 이제는 이름마저 잊힌 친구를 기억 할 것이다. 그대는 그 어린 친구에게 왜 그런 짓을 하도록 시켰는가? 그대보다 더 빨리 달렸기 때문인가? 아니면 그러지 않고서는 도저히 그 계집아이를 따라 잡을 수가 없어서 그리한 것인가? 그대의 목적은 그대가 잘 달리는데 있었던 것인가? 아니면 그 누구도 그대를 앞서 달리지 못하도록 하려는데 있었던 것인가?

독의 근원인 당신에게 진정으로 물어 본다. 그대여, 그대가 낳은 또 다른 시기와 질투와 배신의 독 앞에서는 그 어떤 사랑도, 이해도, 관용도 오히려 그게 성스럽다는 단 한 가지 이유 때문에 더 크게 그대의 저주의 대상이 되고 마는 이런 모순의 지옥에서 내가 어떻게 해야 벗어 날 수가 있는가?

그대 제발 내게서 떠나가 다오. 아직도 내게 붙어서 무엇을 얻어먹을게 있다는 것인가? 식어가는 9월의 태양을 보았는가? 내 잘 달리던 다리도 이제는 기운이 빠져 정류장에서 버스를 기다리면서도 의자를 찾는다네. 그대가 그렇게 부러워할 존재도 아니라네. 그대 이제 그만 나를 좀 놓아주면 아니 되겠는가? 머지않아 세상의 모든 것을 잠재울 겨울이 올 것인데 일생을 나를 따라 다니며 괴롭힌 그대까지 품어서 잠들게 할 수 있도록 그대 이제 그만 나를 놓아주면 아니 되겠는가?

그대는 내가 내 손으로 나의 라퀴엠을 쓸 때까지 나를 괴롭힐 것인가? 그렇겠군. 그 곡에다가 그대의 이름을 붙이면 나에게는 진혼곡이지만 그대에게는 개선 행진곡이 될 수도 있겠군. 그렇게

라도 한번 나를 이겨보고 싶다면 아주 오래 전에 내가 그대를 처음 본 그날처럼 나는 내 머리끄덩이를 그대에게 맡길 것이니 그대의 소원을 한번 풀어나 보시게나. 이는 평생을 나를 따라 다니며 단 한 번도 나를 이겨 본적이 없는 그대에게 베푸는 내 마지막 우정이라네.

10 | 길 없음

보름 전부터 개미 떼가 줄을 지어 이사를 가더니 유월 하순이 되자 장마가 시작된다. 개미가 최첨단 기상 관측 장비보다 더 정확하다. 아침 산책길, 금호강변을 걷는다. 땅이 피워내는 안개와 하늘의 구름이 맞닿아 있어 모든 것이 뿌옇게 보인다. 흐르는 강물을 따라 천천히 걸으니 마음도 물처럼 유장해진다. 숲길을 걸을 때와는 또 다른 맛이 있다. 땅이 눅눅하고, 강물은 간밤에 내린 비로 많이 불어나 있다. 풀들이 물속으로 잠겨버린 강둑에 청둥오리 두 마리가 나란히 앉아서 쉬고 있다. 물살이 강하니 오리도 헤엄치기 힘든가 보다. 저들은 오늘 아침식사를 굶어야 할 것이다.

이슬보다 조금 무거운 실비가 내린다. 강물이 불어난 탓에 잉어들의 다이빙질도 보이질 않는다. 머리카락에 촉촉이 물방울이 맺힌다. 철조망 한 가닥이 길을 가로 막고 있다. 사람들이 걸려서 넘어지지 않도록 호스가 끼워져 있다. 양수기로 물을 펄 때 쓰던 황토 빛 색깔을 띤 비닐호스다. '길 없음, 농장 입구, 출입금지'라고 쓴 팻말이 그 곁을 지키고 있다. 철조망 너머로 길이 보이는데 '길 없음'이란다. '길 없음, 길 없음'이라 되뇌어 본다. '길 아님'이란 표현이 맞을 것 같다. 길을 모르는 사람들은 대게가 막다른 곳에 이르러서야 비로소 탈출구를 찾는다. 이리 저리 밭을 가로질러 길을 돌아 걷는다. 신발에 흙이 달라붙어 다리가 한 짐인데, 그새 자란 풀들이 내 키를 넘는다. 백로 한 마리가 풀 속에 섰다가 인기척에 놀라 푸드덕 날아오른다. 하늘에는 길이 없으니 백로의 날갯짓이 자유롭다.

짙은 구름 때문에 모든 것들이 적막한데 건너 숲에서 뻐꾸기 내외가 산이 쩌렁쩌렁하도록 운다. 옛날에는 아침에 우는 새는 배가 고파 운다고 했는데, 요즈음은 저 소리가 무슨 소리로 들릴까. 비가 내리니 찝찝해서 우는 것인가, 궂은 날씨를 쫓아보려는 것인가. 검은 장마구름 뒤로 아침 해가 숨어 있다. 잘 익은 살구 같다. 입속에 넣어서 옹알이고 싶다.

강물에도 노란 살구가 잠겨 있다. 물살이 강하게 흐르니 물고기 새끼들이 강가의 얕은 풀 속으로 몰려든다. 살아남으려는 작은 것들의 힘겨운 몸부림이다. 가랑비에 옷 젖는 줄 모른다더니 바짓가랑이에 축축한 느낌이 전해온다. 초가집 추녀마냥 앞머리에서도 빗물이 떨어진다. '비가 오면 우산을 준비하라'던 말이 떠오른다. 부패한 어느 검찰총장 마누라가 했다는 말이다. 막다른 길을 가면서도 비는 맞기 싫은 것이다.

겨우 길을 찾았다. 자란 풀들로 인해 좁은 산책로 길이 더 좁아져 있다. 지금 시각이 오전 6시 30분, 동물들은 시간이란 개념이 없다. 인간만이 시간을 안다. 내일을 알기 때문에 불안해진다. 그래서 오늘의 행복에 만족하질 못한다. '무엇을 먹을까, 무엇을 입을까, 무엇을 마실까.'를 먹고 입고 마시는 순간에도 걱정을 한다. 길은 거기서 막힌다.

'내일 일을 염려하지 말라'는 예수의 가르침 이후 2천 년이 지났지만 아직도 우리는 그 걱정을 버리지 못한다. 과학이 눈부시게 발달하고 인간의 지혜가 놀랄 만큼 진화되었어도 인간의 영적인 수준은 그때나 지금이나 변한 게 없다. 강이 끝나는 즈음에서 재두루미 한 마리가 어디에 내릴지를 찾다가 멀리 고속도로가 보이는 곳으로 사라진다. 짧은 아침 산책길에서도 온갖 잡생각을 다하는 나보다도 장마가 와도 아무 걱정을 않는 저 새들이 더 고등동물일지도 모르겠다.

11 글쓰기를 찬양하며

　예수께서 가르치실 때에 알곡과 가라지, 양들과 도적의 비유로 설명하신 바가 있습니다. 가라지나 도적이 나쁘다고 하는 것은 그들의 행위 결과에 따른 판단입니다. 우리가 진정으로 이웃과 더불어서 행복한 삶을 살아가고자 한다면 행위 이전에 내재하는 그들의 성정이 어떠한가를 알아야 가라지는 가라지가 될 수밖에 없고, 도적은 도적이 될 수밖에 없는 이치를 깨닫고 그 해결 방법을 찾을 수 있을 것입니다.

　인간의 정신세계는 의식 세계와 무의식 세계로 나뉩니다. 시간이 지나면서 일반 의식은 흐트러지고 말지만 영혼에 상처를 낸 의식은 무의식으로 변환되어 자신도 모르는 내면 깊숙한 곳에 저장이 되어 업(業)을 형성합니다. 이 업(業)이 어느 날 다시 의식 세계로 영향을 미쳐 우리의 행위를 지배하게 됩니다. 다시 말하면 자신을 가두는 '생각의 틀'이 되는 것입니다. 선업이 쌓이면 선한 행동이 나오고, 악업이 쌓이면 악한 행동이 나온다는 말은 바로 이를 두고 하는 말입니다.

생명은 나약한 것일수록 존재의 본능이 더 강합니다. 인간은 지구상의 그 어떤 동물들보다 연약하여 상대적으로 더 강한 존재의 본능을 지니고 있습니다. 자기 힘으로 존재를 유지하려면 누군가가 최소한 20년 이상을 돌봐줘야 합니다. 그 탓으로 어린아이 때에 존재의 위협을 받는 심각한 상황을 경험하면 그게 업(業)으로 갈무리되어 자신도 모르는 한(恨)을 형성합니다. 어릴 때는 힘이 없으니 그 한이 종종 불량한 행동으로 표출되지만 성인이 되면 힘이 생기니 범죄자가 되거나 합법적인 태두리 내에서라도 남을 괴롭히는 행위로 나타나게 됩니다. 한이 많은 사람일수록 성공한 후에 더 냉혹해져서 자기보다 약한 이웃을 더 무시하는 행위를 하는 것도 바로 이 때문입니다.

나는 수필을 쓰면서 지난날을 회상하게 되었고, 아픈 기억들이 되살아나면서 내 영혼이 한없이 불쌍하게 느껴져 많은 눈물을 쏟은 경험이 있습니다. 그 과정을 통하여 스스로 지나간 과거와 화해를 하게 되었고 마음에 쌓인 한이 봄 눈 녹듯 사라져버리는 체험을 하게 되었습니다. 그 순간 그동안 내가 읽은 성경과 불경의 가르침을 떠올리고는 그 가르침이 바로 이러한 의미였구나 하고 이해하게 되었습니다. 불가에서 말하는 본디 무구한 자기 본성

(맑은 면경)을 보게 되는 과정일 것입니다.

영혼이 맑아지니 보이는 모든 것들이 새롭고 보이기 시작했습니다. 맑은 영혼, 타락한 영혼이 구분되어 보이자 새 옷을 입고 더러운 곳에 앉기 싫듯이 무구의 세계에서 무구하지 않은 세계로 내려가기가 싫어졌습니다. 그렇다고 수도승도 아닌 내가 이 풍진 세상을 어찌 훌쩍 떠나서 혼자 살 수 있겠습니까. 그래서 생각해 낸 것이 가능하면 무구한 영혼을 지닌 사람들과 가까이하면서 살자고 생각했습니다. 그러다 보니 저 인간은 늘 어수룩한 아이들만 데리고 논다고 조롱할 것 같아서 이제는 무구의 경지를 이해하는 분들과 어울려 살아야겠다고 생각하게 되었습니다. 그리고 몇 마디 제 경험을 들려주면 바로 깨우침에 이를 분들을 위해 글을 써보자 하는 마음이 들어서 이렇게 열심히 글을 쓰고 있는 것입니다.

어릴 적에 한이 많았던 사람들이 성공한 후 자기를 과시하면서 내 뿜는 매연을 마신 적이 있을 것입니다. 예수가 가룟유다에게 하셨듯이 "차라리 너는 성공하지 않은 게 나을 뻔 했다"는 말이 나올만한 사람들이 제 주변에도 더러 있습니다. 제 경험이 아니더라도 신문을 장식하는 부패한 지도자들만 해도 수두룩합니다. 이런 분들과는 피하면서 사는 것이 상책입니다만 그들도 불쌍한 영혼인지라 그 쌓인 한을 밖으로 뿜어내지 말고 스스로 자신의 과거와 화해하시기를 권합니다. 그리고 본디 맑은 자기 영혼을 돌아보기를 원합니다. 혼자서 골방에 들어앉아서 솔직한 마음으로 내가 왜 이런 모습이 되었는지, 순진무구했을 때의 내 모습이 어떠했는지 지난날을 숨김없이 글로 토해 내 보시길 바랍니다. 그러면 반드시 매연의 세계에서 맑음의 세계로 넘어 오게 될 것입니다.

내게 참 기쁨과 행복을 주는 것이 아니라면 '성공' 그것은 아무 소용도 없는 헛된 것입니다. 무의식에 쌓인 업을 아무리 합리화시켜 보아도 그건 변명일 뿐, 무구의 세상에 이르지는 못합니다. 예수는 빌라도 법정에서도, 십자가에 못 박혀서도 아무런 변명을 하지 않았습니다. "나를 위해 울지 말고 너희 자신을 위해 울라" 는 말씀을 남기셨습니다. 자기 자신을 용서하고 자기 영혼을 구원하라는 말씀입니다. 자신을 합리화 시키지 말고 의식으로써 무의식에 쌓인 업(業)을 스스로 씻어내야 무구의 세계를 보게 된다는 말씀과 전혀 다르지 않습니다.

업을 닦아내지 않으면 업이 업을 낳는 업의 윤회에 빠지게 됩니다. 하나의 업이 하나의 업을 잉태하는 것이 아니라 한 개의 밀알이 백배 천배의 밀알로 다시 태어나듯이, 백배 천배의 새로운 업을 생성시키는 것입니다. 김동리의 소설 ≪등신불≫은 인연의 사슬에 묶인 악업의 주인공인 만적이 소신공양함으로써 풀어진다는 이야기입니다. 깨우친 자의 거룩한 희생이 몽매한 자를 일깨워서 깨우침의 세계로 인도한다는 이야기입니다. 십자가 정신과 다를 바가 없습니다. 그의 소설 ≪무녀도≫는 기독교적인 구원의 이야기입니다.

김동리는 인간의 정신세계가 어떻게 형성되고 또 이 땅에 어떻게 영향을 미치는가를 소설을 통해서 보여주려고 애를 썼습니다. 나는 무구한 영혼에 비친 세계에 대한 글을 계속 써볼 작정입니다. 그것이 자신을 구원한 그 힘으로 이웃을 구원하는 길이라고 여기는 때문입니다. 한은 쌓지 말고 그때그때 풀어야 합니다. 그건 어떠한 선행보다 위대한 일입니다.

2부

자신을 속인 형제

세상의 모든 너는
나의 또 다른 모습이다.

12 | 모자라는 사람

찡그리는 재주는 있어도 웃는 재주는 없습니다.

화나게 할 재주는 있어도 즐겁게 할 재주는 없습니다.

해코지 할 능력은 있어도 도와줄 능력은 없습니다.

부숴 버릴 힘은 있어도 세우는 능력은 없습니다.

비판하는 능력은 있어도 칭찬하는 능력은 없습니다.

헐뜯는 능력은 있어도 감싸주는 능력은 없습니다.

쓰는 능력은 있어도 버는 능력은 없습니다.

길을 막는 능력은 있어도 뚫는 능력은 없습니다.

얽어매는 능력은 있어도 풀어주는 능력은 없습니다.

제 자랑할 능력은 있어도 남을 이해하는 능력은 없습니다.

남을 망하게 하는 능력은 있어도 성공시킬 능력은 없습니다.

모자라는 사람은 잘할 줄 아는 게 없으니 가만히 있으면 바보가 되는 줄 압니다. 그래서 끊임없이 찡그리고, 해코지하고, 부숴버리고, 비판하고, 헐뜯고, 길을 막고, 얽어매고, 자랑을 하러 분주히 다니면서 자기 존재를 드러내고자 합니다.

모자라는 사람을 깨우치려면 끝이 없습니다. 그의 목적은 문제를 해결하는 데 있는 게 아니라 오로지 자신의 존재를 드러내는 데 있기 때문입니다.

모자라는 사람은 변덕이 죽 끓듯 하니 공자도 이런 사람은 소인배라 다루기가 어렵다며 대책이 없음을 하소연했습니다. 모자라는 사람을 이웃으로 만나면 가르치려 들지 말고 맞상대하지 말고 피하는 게 상책입니다.

모자라는 사람은 돈과 권세만 가지면 멋진 인생을 살 수 있을 것으로 생각합니다. 어릴 때 가난하게 살다가 어찌어찌하여 돈을 잔뜩 모아서, 혹은 높은 벼슬에 올라서 거들먹거리는 사람들을 종종 봅니다. 그런 사람일수록 남들로부터 존경받는 것을 좋아합니다만 아무도 그를 존경하지 않습니다. 겉으로는 힘에 눌려 존경하는 척은 하겠지만 속마음으로는 경멸합니다. 그도 그걸 아니까 더더욱 자신을 과시하며 이웃을 멸시하려 듭니다. 돈과 권력의 위세를 자신의 위세인 양 드러내고 힘으로 누릅니다. 천박함의 극치임에도 자신만이 그걸 모릅니다.

정치가들의 출판기념회란 곳을 가 봐도 그렇습니다. 국민을 위해 일하겠다는 사람이 수많은 화환을 진열하고 사람들을 동원하여 제자랑에 열을 올립니다. 그 방식과 태도가 터럭만큼도 국민을 위할 사람 같지가 않습니다. 남들은 다 아는 그 걸 민심을 얻겠다는 그만이 모릅니다.

　귀함은 육적인 차원의 것이 아니라 영적인 차원의 것입니다. 물질로서 몸을 치장하면 할수록 그 사람의 실체는 더 천박하게 보입니다. 육신이 건강하려면 영양가 높은 음식을 섭취하고 부지런히 운동을 해야 하듯이, 영혼이 아름다워지려면 영혼에도 영양가 높은 양식을 공급하고 운동도 시켜줘야 합니다.

　영혼의 양식은 독서이며 영혼의 운동은 사색입니다. 자수성가했다고 다 훌륭한 인간이 아닙니다. 귀함은 물(物)적인 것이 아니라 영(靈)적인 것이기 때문입니다. 폭 넓은 독서와 깊은 사색만이 인간을 귀하게 만듭니다.

　천박한 인간이 되지 않으려면 타인의 눈으로 자신을 살피는 습관을 길러야 합니다. 부하기는 쉬워도 귀하기는 어렵습니다. 누가 나에게 '부와 귀' 중 하나만 택하라 한다면 나는 부를 버리고 귀를 택할 것입니다.

　오늘 신문에 난 일진을 보니 먼 곳으로부터 생각지 못한 귀인이 온다고 합니다. 귀인이란 세상만물의 눈으로 자신을 돌아보는 분

입니다. 나는 그런 분에게 내가 지니고 있는 최고의 차를 대접하
고 싶습니다.

13 생각의 틀

예수께서 제자들을 찾으실 때 바닷가에서 고기를 잡고 있던 시몬을 만났습니다. 그는 종일 그물질을 했지만 빈 그물만 거두고 있었습니다. 예수께서 그에게 더 깊은 곳으로 가서 그물을 드리우라고 했습니다. 그리 했더니 고기를 많이 잡았습니다. 사람들은 이 이야기에서 고기를 많이 잡았다는 데에만 생각이 가 있습니다. 눈에 보이는 것만 보기 때문입니다. 예수가 시몬에게 한 말의 속뜻은 생각을 바꾸라는 말씀이었습니다. 생각의 종이 되어 생각 속에 갇혀 지내지 말고 그 외연을 넓혀 세상을 크게 보라는 말씀이었던 것입니다.

시몬은 예수의 가르침을 기이하게 여기고 어부 노릇을 팽개치고 예수를 따랐습니다. 생각의 틀을 바꾸려는 결심을 하자 운명이 바뀌어 버린 것입니다. 예수가 그에게 베드로란 이름을 지어 주었습니다. 이제부터는 사람의 영혼을 낚아서 생명의 길로 인도하는 어부가 되라는 뜻이었습니다. 베드로는 예수를 따라 다니며 생각을 바꾸는 훈련을 열심히 받았습니다.

사람들은 땅의 일이나 하늘의 일에 대하여 선악으로 구분 짓기를 좋아합니다. 천사와 악마로 구분하고, 선행과 악행으로 구분하고, 선인과 악인으로 구분합니다. 무엇이 착한 사람이고 무엇이 악한 사람입니까?

사람은 백이면 백 모두가 자신이 악인이라는 사실을 부정합니다. 그리고는 열심히 나 아닌 남을 나쁜 사람, 악한 사람으로 비판합니다. 가능하면 선하게 보이려고 자신의 얼굴에는 하얗게 분칠을 합니다. 왜 그리합니까?

에덴동산에서 아담과 하와가 선악을 알게 하는 과일을 따 먹었다는 이야기는 상징하는 바가 아주 깊은 이야기입니다. 이 이야기는 인간사를 선한 일과 선하지 않는 일, 곧 선악의 틀로서 분별하고야 마는 '생각 속에 갇혀버린 영혼'에 대한 이야기입니다. 저는 이것을 원죄라 여깁니다. 선악은 본디 없습니다. 단지 깨우친 자의 의식과 행동이냐, 몽매한 자의 의식과 행동이냐의 차이만이 있을 뿐입니다. 깨우친 자의 행위가 선하지 아니할 이유가 없으며 우매한 자의 행위가 결코 선할 수가 없는 것입니다.

"깨어있으라, 깨어서 기도하라"는 예수의 외침은 우리의 영혼이 생각의 틀을 깨고 나와서 새로운 세상을 보기를 염원하는 간절한 바램입니다. 그는 인간들의 몽매함을 한없이 측은히 여기시면서 최후를 마치셨습니다. 자신을 못 박은 사람들을 향해서 "주여! 저들은 저들이 지금 무슨 짓을 하는지 조차도 모르니 저들을 용서하소서" 라고 하신 것에서 알 수가 있습니다. '자신이 무슨 짓을 하고 있는지도 모르는 인간—.' 영혼이 참을 향하여 거듭나지 못하면 새로운 세상이 보이지 않습니다. "보라, 이전 것은 지나가고 새것이 되었도다."라며 감탄하는 마음은 깨우친 자만이 낼 수 있는 일성입니다.

영적인 사기꾼은 늘 깨친 자처럼 말하고 행동하지만, 자신이 보지 못한 세상을 본 듯이 말하는 그것은 속임수입니다. 그들이 바로 성서에서 말하는 거짓 선지자요 적그리스도입니다. 천국(깨우침의 세계)에 들어가지도 않으면서 천국 문을 가로 막고 서서 천국으로 들어가려는 자들을 훼방하는 자들인 것입니다.

숨겨진 것은 드러나지 않는 법이 없다고 했습니다. 속임수는 곧 들통이 나고야 맙니다. 모르면 아는 데까지만 답하고 그 나머지는 간절히 궁구하면 될 일을, 사람들은 거짓을 지어내서 말하길 좋아합니다. "예면 예하고, 아니면 아니오" 하라는 가르침이 왜 필요한지 조차도 모릅니다.

역사 이래로 수많은 종교 지도자들과 정치 지도자들이 인류를 어디로 끌고 갔습니까? 진리의 세계로 인도하기보다는 거의 다가 자기의 생각대로 끌고 갔습니다. 그들은 늘 낙원을 말했지만 우리가 도달한 곳은 낙원이 아닌 경우가 훨씬 더 많았습니다. 자신의 마음을 진리를 드러내 보이는 데 두질 않고, 스스로 위대해 보이고 신성해 보이고 전능해 보이는 데 둔 경우가 대부분이었기 때문입니다. 쉬운 말로 하면, 그들의 영혼이 자유를 잃고 스타의식의 종이 되었다는 것입니다.

깨우친 사람은 세상의 그 어떤 생각으로부터도 자유롭기를 원합니다. 네모난 수박을 보면 누군가 내 머리에 네모난 철재 빔을 씌우고 렌치를 돌리며 자꾸 조여 오는 것 같은 느낌이 드는 것도 이런 이유 때문인지도 모르겠습니다. 이 글을 쓰는 나도 내가 지금 무슨 짓을 하고 있는지를 모르는 속에서 살고 있습니다. 내 처지가 그러하니 나는 지금보다 더 많이 생각하고 더 많이 기도해야 합니다.

14 학교 폭력, 친구 폭력

　대구에서 한 중학생이 친구들의 집단 폭력에 시달리다 자살한 사건이 발생하더니 오늘은 광주에서 중학생 한 명이 또래들의 폭력에 시달리다 자살한(타살 의혹 제기 중) 사건이 발생했습니다. 사실 중 고등학교 학생들의 집단 폭력은 테러보다 더 무서운 일인데도, 어른들이 이를 잘 모르고 있다는 생각이 듭니다.

　고등학교 1학년 때, 당시 우리 반에도 속칭 좀 논다는 학생이 한 명 있었습니다. 타 학교 불량학생들과 서클을 만들어서 어울려 다녔는데, 내가 주번일 때 그 친구가 소속된 분단이 청소 당번이 되었습니다. 당시 교실 청소는 분단별로 월요일부터 토요일까지 청소하고 주번이 점검한 다음 교무실에 가서 당직선생님께 검사를 맡고나서 하교를 하였습니다. 주번은 2명이었고 청소하는 학생들은 대략 팔 구 명 정도 되었습니다. 그 친구는 일주일 내내 청소 한 번 하지 않고 일찍 달아났습니다. 아무도 그를 제지하지 못했습니다.

　나는 토요일 마지막 청소 날 , 나머지 아이들은 전부 집으로 돌려보낸 후 그 친구를 붙들어서 강제로 청소를 시켰습니다. 반발하던 녀석이 내가 강하게 나가자 말없이 복종했습니다. 사실 그날 청소는 나와 주번 친구가 다했고, 그 친구는 하는 시늉만 했습니다. 청소가 끝나고 그 친구는 나를 째려보더니 돌아갔습니다. 예감이 좋지 않았습니다. 틀림없이 저들 패거리를 모아서 교문 밖에 기다릴 것 같았습니다. 누구에게 도움을 요청하려고 해도 도와 줄 사람이 아무도 없었습니다. 하루 이틀도 아니고 날마다 나를 기다린다면 피하려야 피할 수 없는 일이었습니다. 어른들에게 말씀드려 봐도 그냥 아이들 장난이려니 여길 뿐이란 걸 알고 있었습니다. 확실한 증거도 없이 남을 모함한다고 할지도 모릅니다. 그 당시 내가 할 수 있는 일은 아무것도 없었습니다. 핏빛 노을 같은 공포가 밀려왔습니다.

　텅 빈 운동장을 지나 교문을 나서니 저만치 골목길에서 모자를 삐딱하게 쓴 아이들 대여섯 명이 나를 기다리고 있었습니다. 길 가는 어른의 뒤를 따라가면 해치지 못할 것이란 생각이 들었습니다. 달아나고 싶었지만 비겁한 짓이란 생각도 들었습니다. 오늘 이 궁지를 벗어난다 하더라도 그들은 끝까지 나를 기다릴 것입니다. 하루 이틀도 아니고 매번 달아날 궁리만 할 수도 없는 일입니다. 두려웠지만 맞서기로 마음을 다잡았습니다.

녀석들이 나를 끌고 으슥한 골목으로 들어갔습니다. 같이 주번을 했던 친구도 따라 왔습니다. 녀석들이 내 어깨를 툭툭 치며 건달처럼 시비를 걸었습니다. "네가 이 아이를 괴롭힌 놈 이가?" 하면서 곧 주먹을 날릴 기세였습니다. 그때 골목까지 따라와서 내 곁에 서 있던 친구가 앞을 가로막아서더니 "야 비겁하게 여럿이서 한 사람을 괴롭히지 말고 정정당당하게 일대 일로 붙어보자"고 하며 내 앞을 가로 막고 나섰습니다. 그 모습이 얼마나 당당했던지 기가 꺾인 녀석들이 어물어물하더니 "다음부터는 애를 괴롭히지 마라" 하고는 돌아가 버렸습니다.

만약 그때 싸움이 벌어졌더라면 나는 녀석들에게 맞아 초주검이 되었을 것입니다. 그 멋있는 친구의 이름이 박**입니다. 태권도 2단에 운동도 잘하고 공부도 잘하는 아주 모범적인 친구였습니다. 그 친구는 지금은 중견기업의 사장이 되어 있습니다. 그때 청소를 않고 달아난 껄렁한 친구는 그 이후 어떻게 사는지 소식도 없습니다. 동창회에 얼굴도 한번 비치지 않습니다. 패거리들의 힘만 믿고 우쭐거리며 약한 친구를 괴롭히는 학생들이 잘되는 법이 없다는 것을 오늘의 청소년들이 깨우쳤으면 좋겠습니다. 그리고 학교에서는 입시교육만 하지 말고 약한 친구를 돕는 기사도 정신도 좀 가르쳤으면 좋겠습니다.

요즈음 학교에 도덕과 윤리 과목이 있는지 모르겠습니다. 매는 맞을 때보다 맞기 전이 훨씬 더 두렵습니다. 그 두려움이 급기야는 되먹지 못한 것들에게 저항하지 못하는 자신을 한심스럽게 여기며 자책하게 만듭니다. 폭력에 시달리다가 유명을 달리한 아이들을 생각하니 가슴이 아픕니다. 자신을 죽여서 저항할 수밖에 없는 그들의 영혼을 생각하면 괴롭지 않을 수가 없습니다.

인간은 왜 인간에게 늑대가 될 수밖에 없는가? 늑대가 되라는 교육을 시키고 있는 것은 아닌가? 인성이 만들어지는 중 고등학교 시절에 우리는 우리 아이들에게 무엇을 가르치고 있는가? 교육자도 아닌 내가 답답하여 내 자신에게 이렇게 되물어 봅니다.

집단폭력이나 왕따는 기가 여리고 순한 아이만을 골라서 괴롭힙니다. 저항 능력을 상실한 아이는 죽음보다 괴로운 시달림에서 벗어나려고 자신을 죽이는 길을 선택합니다. 우리는 지금 어른 아이 할 것 없이 조직의 위세를 빌어서 자기보다 약한 사람을 학대하는 비겁한 세상에서 살고 있습니다. 약자를 위해 용감하게 자기를 희생할 줄 아는 사람이 지도자가 되는 세상이 빨리 왔으면 좋겠습니다.

15 | 시험

1. 문

어느 고을에 모자라는 아들을 둔 만석꾼 부자가 있었습니다. 나이가 들어 머지않아 죽을지 모르는데, 이 많은 재산을 누가 관리해 줄까 하는 생각을 하니 잠이 오지 않았습니다. 부자는 지혜로운 며느리를 들여서 재산을 물려주려고 하였습니다. 당시는 대부분의 사람들이 남의 토지를 소작하면서 배를 곯던 시절이라 처녀들이 다투어 부잣집 며느리가 되려고 하였습니다. 부자가 며느리를 뽑는 시험문제를 냈습니다. 쌀 한 되를 가지고 별채에서 몸종과 함께 백일을 버텨내면 며느리로 삼는다는 것이었습니다.

대부분의 사람들은 말도 안 되는 시험이라며 돌아가 버렸습니다. 그래도 개중에는 욕심이 있어서 도전하는 처녀들도 있었습니다. 어떤 처녀는 쌀 한 되를 백일 분으로 나누고, 하루에 한 줌도

되지 않는 쌀로 멀건 미음을 끓여 먹으며 버텼습니다. 열흘도 되지 않아 천장이 빙글빙글 돈다며 기절하고는 가마니에 실려 나갔습니다. 어떤 처녀는 칠일 동안 물만 마시며 버티다가 팔 일째 되는 날 몽땅 다 밥을 지어 먹고는 달아났습니다. 어떤 처녀는 자기 집에서 배가 터질 듯이 밥을 먹고 와서는 겨우 열흘을 버티다가 쓰러졌습니다. 시험에 탈락한 그들은 모두 하나같이 지독한 구두쇠라고 부자를 욕하였습니다. 부잣집 며느리가 되면 굶어죽기 십상이라고 동네방네 소문이 났습니다. 며느리 시험에 응시하려는 처녀들이 아무도 없었습니다. 부자는 자기가 낸 시험을 통과하는 처녀가 한명도 없다는 사실에 실망하고, 깊은 고민에 빠지게 되었습니다.

당신이 부잣집 며느리 시험에 응시하는 사람이라면 쌀 한 되로 어떻게 백일을 견뎌 내겠습니까?

2. 답

인생에 정답이 어디 있겠습니까. 가장 합리적인 방법을 찾아가는 과정이 삶인 게지요. 이 문제는 사고의 틀을 키워주려는 문제입니다. 더 이상 응시하는 사람이 없자 한 규수가 그 시험을 보겠다며 자원했습니다. 그 규수는 태연하게 평상시와 다름없이 한 되의 쌀로 밥을 지어 먹었습니다. 그리고는 몸종을 시켜서 자신이 입은 저고리를 벗어주며 어느 어느 집에 가서 이 저고리를 보여주고 바느질감을 얻어 오라고 했습니다. 그 규수는 바느질 솜씨가 뛰어난 분이었습니다. 저고리를 본 마을 사람들은 다투어서 바느질감을 맡겼습니다. 그는 자신이 지니고 있는 재주를 활용하여 백일 이상의 양식을 확보할 수가 있었습니다. 그리고는 저고리나 치마를 만들고 남은 자투리 천을 활용하여 베갯잇이나 조각보 같은 것을 만들었습니다. 정상적인 천으로 만든 것 보다 더 아름다운 작품이 만들어 졌습니다. 모두들 그 규수가 만든 물품을 구하려고 하였습니다. 규수의 방에는 한 됫박의 쌀이 아니라 한 가마니가 넘는 쌀로 채워졌습니다. 부자 노인은 그 규수에게 큰 절을 올리고는 우리 집 살림을 맡아줄 사람이라고 기뻐하며 며느리로 삼았다고 합니다.

위의 이야기는 오래전에 어느 동화책에서 본 이야기를 제가 패러디하여 우리 직원들에게 시험 삼아 해본 것입니다. 이를 현대적으로 재해석하면 하드웨어보다 소프트웨어가 더 중요하다는 것을 깨우쳐 주는 이야기입니다. 어리석은 사람들은 늘 하드웨어에 마음을 빼앗깁니다. 하드웨어는 그것을 움직이는 소프트웨어가 없으면 무용지물이 됩니다.

　당신은 세상을 어떤 눈으로 바라봅니까? 세상은 당신의 생각 여하에 따라서 당신 손안에서 마음대로 요리되기도 하고, 반대로 세상에 짓눌려서 기를 펴지 못하며 살기도 하는 것입니다. 이 세상의 모든 인공적인 것들은 생각의 결과물입니다. 수직적인 사고가 아닌 수평적 사고, 어떤 것에도 얽매이지 않는 유연한 생각이 새로운 세상을 창조합니다.

16 | 생각 속에 갇힌 인간

　참 총명한 친구가 있었습니다. 그는 책을 읽으면 그 의미를 깨우쳐서 자신을 긍정적으로 변화시키는 마음의 양식으로 삼으려 하지는 않고 기막힌 문장만 암기하여 그것을 지혜인양 과시하고 다녔습니다.

　예를 들면 이런 것입니다. 삼국지를 읽으면 조조가 말했다는 이런 문장이 나옵니다. " 내가 천하를 배신할 지언즉 천하가 나를 배신하지 않도록 하겠다. " 또 이런 문장도 만납니다. "고난은 같이 할 수 있어도 영광은 같이 할 수 없다" 그는 이런 문장들에 반해서 그 밑에 줄을 쫙 그으며 암기하고는 그런 문장들을 주어 섬기며 세상사를 재단하는 것이었습니다. 그런 그를 보면 "네가 대접 받고 싶은 대로 남을 대접하라"는 문장은 왜 밑줄을 긋지 않는지 묻고 싶어질 때가 있습니다. 삼국지를 쓴 작가가 트릭을 써서 독자들로 하여금 자기 목적을 위해 수단과 방법을 가리지 않는 나쁜 인간으로 상상되어지도록 조조를 묘사한 문장에 빠져서 그걸 지혜인양 암기하며 신념화 시키면 그 자신이 소설 속의 조조보다 더 나쁜 인간이 된다는 것을 그가 모르는 것입니다.

이게 어찌 그만의 문제이겠습니까. 세상의 모든 너는 나의 또 다른 모습입니다. 정보의 홍수시대인 글로벌 민주화 시대가 조조의 삼국시대인 줄로 착각하고 조조의 꾀로서 세상을 살아내야 된다고 여기는 어리석음이 내게는 없는지를 돌아보며 젊은 시절에 깨달은 지혜 하나를 소개합니다.

갑과 을, 병 세 사람이 있습니다. 그 셋은 모두 동일한 다섯 가지의 지식을 가지고 세상을 살아갑니다. 갑은 그 지식을 각각 따로 활용하며 살아갑니다. 그가 지식을 활용하는 방식은 아래 산식과 같습니다. 그는 만 가지 지식을 습득한다 하더라도 단 한 가지 밖에 모르는 사람과 같습니다.

$$1, \ 1, \ 1, \ 1, \ 1 \ = 1$$

을은 이 지식을 다음과 같이 덧셈 방식으로 활용합니다.

$$1 + 2 + 3 + 4 + 5 = 15$$

을이 사물을 대하면서 생각해낼 수 있는 방법은 열다섯 가지가 최대치입니다. 그런데 병은 이 지식을 아래와 같이 곱셈방식으로 연산하여 활용합니다.

$$1 \times 2 \times 3 \times 4 \times 5 = 120$$

병은 동일한 지식으로 일백 스무 가지의 방법을 찾아내어서 활용합니다. 갑과 을과 병은 똑 같은 지식을 가지고 있음으로 겉보기는 모두가 비슷한 사람으로 보입니다. 그러나 그들이 활동한 결과는 하늘과 땅 차이만큼 다르게 나타납니다. 깨우친 사람은 병이고 가장 미련한 사람은 갑입니다. 을은 평균적인 사람입니다.

여기까지의 깨우침은 겉의 깨우침이고 그다음 단계인 속 깨우침이 있어야 제대로 된 깨우침에 이르게 됩니다. 속 깨우침이란 사람과 사람, 사람과 사물, 나와 자연, 나와 이웃 사이의 관계를 이해하고 그 관계가 긍정적으로 지속. 발전해 나가도록 하는 능력입니다. 만약에 병(丙)의 지혜를 가진 사람이 자기만 아는 자기중심적인 심리를 지니고 있다고 합시다. 그는 자기 목적을 위해서 모든 사람과 사물들을 소설 속의 조조처럼 수단으로 바라보게 됩니다. 그 결과가 인류에게 어떤 영향을 미치겠습니까? 속 깨우침을 이뤄야 참 지혜가 발현 되는데 속 깨우침은 내가 지니고 있는 지식과 경험을, 나는 물론이고 나와 관계를 맺고 있는 모든 사람들과 사물들이 다 잘되도록 운용하는 능력입니다.

삼국지의 처세를 지혜인양 알고 빠져드는 사람들을 보면, 기사들의 용맹무쌍함을 기록한 책을 읽다가 기사에 대한 환상에 빠져서 생업을 내팽개치고는, 무거운 철갑옷과 투구를 쓰고 비루먹은 말을 타고, 요릿집 주인을 찾아가서 기사 작위를 받은 후, 어디 있는지도 모르는 악당을 물리치려고 비틀비틀 길을 떠나는 돈키호테가 생각납니다. 세르반테스는 돈키호테를 통해서 철저하게 자기 생각 속에 갇혀버린 몽매한 우리 인간을 풍자한 것입니다.

조조처럼 되고자 한다면 가을바람에 지는 낙엽처럼 죽어나가는 조조 군사의 처지를 생각할 줄도 알아야 하는데 작가의 트릭에 속아서 독자들은 조조군사들의 처지를 생각지 못합니다.

나는 깨우침이란 말은 '생각의 껍질을 깨고 밖으로 나오다'라는 긴 말이 줄어서 된 것이라는 생각을 합니다. '깨우침'이 시작되면 내면에서 뜨거운 용틀임이 일어납니다. 스스로도 놀랄 정도로 내면의 혁명이 시작됩니다.

깨우침은 단박에 터져야 하는데, 자기고민 없이 눈에 보이는 것만 쫓아 다니면 깨우침에 이르지 못합니다. 껍질이 두꺼우니 생명이 새로운 세상을 만나지 못하고 삭은 달걀처럼 죽어버리고 마는 이치와 같습니다. 애석하지만 그것도 그의 운명입니다. 무슨 일이든 모르는 것을 부끄럽게 여기지 않고 알려고 파고드는 근기가 있어야 깨우침에 이르는 큰 인연도 찾아오는 것입니다.

봄입니다. 둥지를 나와 양지바른 초가집 토담 밑을 아장아장 걸어가는 노란 병아리의 모습이 떠오릅니다. 둥지에는 병아리가 쓰고 있던 껍질이 흩어져 있지만 어미닭은 이제 그 껍질을 돌보지 않습니다. 거기에는 생명이 없기 때문입니다.

속 깨우침을 이루고 나면 일부러 갑과 같이 살아가는 현자들이 많다는 것을 알게 됩니다. 내 존재가 남에게 유익을 주지 못할 때는 단순하게 살아가는 것이 다른 존재들에게 더 큰 도움이 되는 때문입니다.

17
자신을 속인 형제

　의좋은 형제가 살았습니다. 함께 여행을 가다가 황금 덩어리 하나를 주웠습니다. 동생은 자기가 주웠기 때문에 그 금덩어리의 주인은 자기라고 생각했습니다. 그러나 형의 눈치를 보지 않을 수가 없었습니다.

　"형님이 여행을 가자고 해서 발견한 것이니까 형님께서 가지는 게 마땅합니다."고 하며 그 금덩이를 형에게 주었습니다. 형은 준다고 덥석 받을 수가 없었습니다. "아니야 자네가 발견한 것이니까 자네 것이야." 하면서 사양을 했습니다. 서로 양보하다가 일단 형이 갖기로 했습니다. 길을 걷던 두 형제는 말이 없어졌습니다. 동생의 머릿속에서는 형과 같이 가지 않았더라면 그 금덩이는 자기 것인데 하는 생각이 떠나질 않았습니다. 형의 마음속에도 똑같은 생각이 들었습니다. 그렇게 한 참을 가다가 또 금덩이 하나를 주웠습니다. 기뻐하며 하나씩 나눠 가졌습니다. 이제는 후회하는 마음이 일어나지 않을 줄 알았는데 그게 아니었습니다. 형의 마음에도 동생의 마음에도 혼자서 길을 걸었더라면 두개다 자신이 가졌을 것이라는 생각이 들었습니다. 금덩이를 얻은 기쁨이 금방 사라지고 말았습니다. 둘은 말없이 땅만 보며 걸었습니다. 강을 건너기 위해서 배를 탔습니다. 배에는 사람들이 많이 타고 있었습니다. 배가 강심에 이르렀을 때 동생이 갑자기 금덩이를 강물에 던졌습니다. 깜짝 놀란 형이 동생을 바라보며, "금 덩어리를 물에 던지다니, 이게 무슨 짓이냐?"하고 당황해하며 물었습니다. 그러자 동생은 "제가 평소에 형님을 존경하고 사랑 했는데, 이 금덩어리 때문에 형님을 미워하는 마음이 생겼습니다. 그래서 물에 던졌습니다." 고 했습니다. 그 말을 들은 형도 품속에서 금덩어리를 꺼내어 물속에다 던지고는 동생을 끌어안으며 서로의 잘못을 뉘우쳤다고 합니다.

초등학교시절 도덕책에 있었던 이야기입니다. 두 형제가 금덩이를 버린 곳이 지금 서울의 한강 가양동 앞 여울이라 하는데, 이곳을 사람들은 투금탄(投金灘)이라 부른다고 합니다.

이 이야기는 재물보다 형제간의 우애가 소중하다는 것을 가르치려고 하는 이야기입니다. 우리는 이런 이야기들을 통해 훌륭한 인간이란 재물에 대한 욕심을 버리는 사람이라는 무언의 교육을 받아왔습니다. 본성과 다르게 살아야 한다는 자기암시적인 교육을 무비판적으로 받았던 것입니다. 과연 두 형제가 이 이야기의 결말처럼 그 후에도 금덩어리를 버린 것을 후회하지 않고 우애 있게 잘 살았을까요? 모르긴 해도 살기가 힘들어질 때마다 후회했을 것입니다. 부모가 아파도 약한 첩 쓸 돈이 없다던가, 내일 먹을 양식이 떨어져서 처자식이 굶주려야만 한다던가, 참아내기 힘든 곤궁한 상태가 지속되었다면 그 날 그 바보 같은 짓을 한데 대한 후회를 하지 않을 사람이 과연 몇이나 되겠습니까. 나는 이 글을 다음과 같이 고치고 싶습니다.

  '강을 건너서도 두 형제는 땅만 보고 걸었습니다. 우애가 돈독한 형제라고 하면서도 그런 욕심이 끓어오르는 스스로가 미워지기도 했습니다. 동생은 제 마음 속에서 타오르는 욕심을 형에게 솔직하게 말하고 싶었습니다. 여러 사람이 보는데서 이야기 하려니 부끄러웠습니다. 형도 부끄러워 할지 모릅니다. 맑은 물이 흐르는 개울가에 커다란 바위가 보였습니다. 주위에는 아무도 없었습니다. 잠시 쉬었다 가자고 하고는, 너럭바위에 앉아서 동생은 형에게 자기의 마음을 고백했습니다.
  "형님! 금덩이를 형님과 나눈 후, 제 마음속에는 형님이 없었다면 둘 다 내 차지가 되었을 것이란 생각이 한시도 머릿속을 떠나지 않았습니다. 모든 게 바로 이 금덩이 때문이란 생각이 들어서 아까 강을 건널 때 금덩이를 물속에 던져 버리려고 했는데 형님이 무안해 하실까 봐 버리지 못했습니다. 제가 나쁜 놈입니다."

그 말을 들은 형도 아우의 어깨를 두드리며 "아우야 나도 실은 너와 똑 같은 생각이 들었다. 나도 미안하구나. 네가 진심을 말해 줘서 너무 고맙구나. 사람이 아무리 선하다 할지라도 본성의 욕심은 어쩔 수 없는 것이니, 이를 안다면 마음에서 일어나는 욕심만을 따르지 말고 주어진 복에 감사하는 마음을 가져야 할 것이란 생각이 드는구나. 우리 마음속에 나쁜 마음이 생긴 것은 우리가 얻은 이 금덩이가 노력 없이 얻은 때문일 것이야. 이 금덩이는 하늘이 우리에게 잠시 맡겨둔 것이라 여기고 지금보다 더 근검절약하고 어려운 이웃을 도우며 우애 있게 지내도록 하자."

형제는 홀가분한 마음이 되어서 사이좋게 금덩이를 나누어 가졌습니다. 동생의 숨김없는 고백으로 두 형제는 잠시 나마 서로를 미워했던 마음도, 미안했던 마음도 다 털어버리고 가난했던 시절을 잊지 않고 재물을 불려서 어려운 이웃을 도우며 행복하게 잘 살았다고 합니다.'

우리는 결코 버릴 수 없는 인간본성의 욕망을 버리라는 교육을 받은 때문에 겉과 속이 다른 행동을 합니다. 겉으로는 욕심이 없는 척하며 속으로는 대가를 바라고, 공평무사라고 쓰인 책상 밑으

로는 부정한 봉투를 받는 것입니다. 그러고도 만인이 보는 앞에서
는 욕심을 버린 사람처럼 금덩이를 강물에 던지기도 하는 것입니
다. 이 이야기가 사실이었다면 동생의 그 돌발적인 행동에 형이
얼마나 무안하고 당황스러웠겠습니까. 금덩이를 버리고 싶지 않
았음에도 버릴 수밖에 없도록 만들어 버린 동생의 행동은 다분히
정치적이고 형을 배려하지 않은 소인배적인 협기였던 것입니다.
만약에 형이 동생을 따라서 금덩이를 버리지 않았더라도 동생이
계속해서 형을 사랑했을까요? 금덩이를 나눠 가졌을 때 보다 더
미워하지 않았을까요? 이를 두고 어찌 우애라 할 수가 있겠습니
까.

　이(利)와 의(義)는 수레의 두 바퀴 같이 그 달린 위치만 다를
뿐임에도 많은 사람들이 의(義)는 앞세우고 이(利)는 감추어 버리
는 거짓된 삶을 살아갑니다. 나의 욕망에 솔직해지되 남의 욕망을
생각하고 절제할 줄 아는 마음, 자신의 마음을 깊이 들여다보고
거기에 진실하고자 하는 마음, 옛 어른들이 말씀하신 "경우 바른
사람"이란 바로 이런 사람을 두고 하는 말일 것입니다. 자신을
속이면 구원받기 어렵습니다.

18

뭣도 모르고 흔드는 깃발

내 할애비는 창씨가 개명된 줄도 모르는 일자무식인데, 왜놈 순사가 한 마을에 사는 면장을 체포하러 오는 것을 알고 피신시켰다는 죄로 뭣도 모르고 지서에 끌려가서 골병이 들도록 두들겨 맞고는 평생을 지팡이를 짚고 다니다가 내가 열세 살 때 돌아가셨다. 뭣도 모른 이웃이 고자질을 한 것이었다. 정낭에다 솔잎으로 주둥이를 틀어막은 소주병을 담가 똥물을 내려 마시던 할아버지가 살아 계신다면 올해로 일백 스물두 살이 된다. 백부는 남보다 먼저 개화문물에 눈을 떠 만주로 가서 회사를 차려 끼니도 못 잇던 고향사람들을 데려가더니만 중일전쟁의 기운이 감돌자 귀향해서는 까막눈의 청년들을 모아 야학을 열고, 발동기를 가져와서 방앗간을 차렸다. 연자방아, 디딜방아로 쌀을 찧던 시절이었으니 발동기는 놀라운 괴물이었다.

한국전쟁이 터지자 남쪽 세상이 되면 동생이 집안을 보호하고,

북쪽 세상이 되면 형이 집안을 보호하자며 뭣도 모르고 당숙은 경찰이 되었고 마르크스와 레닌의 이름도 모르는 백부는 뭣도 모르고 남노당원 명부에 도장을 찍었다. 경찰이 된 당숙은 뭣도 모르는 빨갱이가 쏜 총에 맞아 죽었고, 복수를 벼르던 백부는 빨갱이로 몰려 경찰관 친구 손에 붙잡혀가서는 어디서 죽었는지도 모르게 죽었다. 그 친구가 우정이 있었던지 오줌 누고 오라고 시켰는데, 순진하신 어른이 뭣도 모르고 오줌만 누고 왔다고 하였다. 피란 갔다 돌아오니 방앗간조차도 뭣도 모르는 자들의 손에 불타고 없어졌다.

진남포의 부잣집 아들로 태어나 제법 공부도 한 삼종 자형은 뭣도 모르는 자들에게 반동으로 몰려 죽을 뻔하고는 저 혼자 월남하였다가 함께 군복무를 한 전우를 따라서 우리 마을로 흘러와서는 아들 다섯을 낳고 진남포 이야기만 하다가 죽었다. 아들 둘 데리고 피난 온 얼굴이 곱상하던 아주머니는 혼자 살던 막내 종조부와 혼인하여 종조모가 되었는데 손(孫)도 하나 이어주지 않고는 종조부가 세상을 뜨자 어디론가 떠나 버렸다.

또 다른 당숙은 전쟁의 물결을 따라 흘러들어온 새 당숙모를 둘이나 얻어서 엄마가 다른 아들딸을 여덟이나 낳았다. 내 백모는 고아로 떠돌던 딸아이를 하나 주워서 키웠고, 또 다른 내 당숙모는 영복이란 아이를 주워서 꼴머슴으로 키웠는데 그는 내 소꿉친구가 되었다. 어릴 때 내 고향은 어느 누군가가 흔든 깃발 때문에 뭣도 모르고 빨갱이가 되고 국군이 되어 목숨을 버린 일가들로 넘쳐 났고, 그 아픈 상처 속을 비집고 집 잃고 가족 잃고 고향 잃은 영혼들이 그것도 안식처라고 끼어들어서 살을 부비며 살았다.

400년을 이어온 우리 마을 역사가 결단이 난 후, 실낱같은 명맥(命脈)을 할머니가 40세가 넘어서 낳은 내 아버지가 이었다. 혁명 시절에 뭣도 모르고 대구로 분가한 아버지는 배급표를 둘씩이나 들고 쌀을 타러 다녔다. 먹을 것도 없으면서 대가 끊이지 않으려면 자식이라도 많아야 한다며 아들 넷, 딸 하나를 낳았다. 우리 옆집에는 연호 할매와 작은선(소선)이 아지매가 살았다. 그 아지매의 아들이 전태일이다. 그는 잘 살아보자는 운동이 한창일 때 "근로기준법을 준수하라!"고 외치다가 죽었다. 사람답게 살고 싶다는 절규였지만 전쟁이 남긴 상처는 제 아픔이 더 커서 남의 비명 소리에 귀를 닫았다. 그가 죽은 후 뭣도 모르는 정보계 형사들이 왜놈 순사들처럼 마을을 들락거렸다. 사람들은 뭣도 모르고 쉬쉬 거렸고 내가 그게 뭔지 알게 된 것은 내 나이 삼십 중반이 넘었을 때였다.

동네 꼴머슴으로 살던 상호 형이 월남에 갈 때도 나는 깃발이 주는 의미를 알지 못했다. 돈 없이 공부할 수 있는 길을 찾다가 뭣도 모르고 사관학교 시험에 응시하여 낙방하고서야 처음으로 연좌제란 말을 알았다. 깃발을 든 자가 자기와 색깔이 다르다고 살아 내려고 발버둥치는 것들을 굴비 엮듯 한 두름으로 엮어서 끌고 가는 게 연좌제였다. 무지한 것들은 자신이 무슨 짓을 하는지도 모르면서 힘을 가진 것들이 흔드는 깃발 아래로 몰려가서 자기보다 약한 것들을 향해 함께 돌을 던졌다.

지난 시절 내 고향은 뭐가 뭔지도 모르면서 서로가 서로를 그렇게 죽이고 또 악착같이 살아남았다. 산업화가 시작되자 족보를 숨기고 싶었던 사람들은 자신의 과거를 모르는 사람들이 사는 곳으로 하나 둘 떠났다. 도회는 그들을 숨기기에 안성맞춤이었다. 그들은 전쟁하듯이 돈을 벌었고, 돈을 벌게 되자 그들조차도 뭣도 모르고 새로운 깃발을 만들었다. 깃발의 위력만 아는 것이었다. 그들이 만든 깃발이란 깃발은 모조리 염색된 것이었고, 순수한 깃발은 어디에도 없었다. 훗날, 아주 훗날이지만 나는 깃발을 만드는 자, 그는 예외 없이 사악한 영혼을 소유한 자라는 것을 알았다. '오로지 맑고 곧은 이념'은 어디에도 없다고 믿었다. 그러나 돌아보니 그 탁류 속에서도 오염되지 않은 깃발이 하나 힘차게 펄럭이고 있었다. 그것은 바로 헌법 제1조의 깃발이었다.

'대한민국은 민주공화국이다. 대한민국의 주권은 국민에게 있고, 모든 권력은 국민으로부터 나온다.'

뭣도 모르고 돌아가는 거센 역사의 소용돌이 속에서 우리가 이 깃발 하나 만큼은 놓치지 않고 줄기차게 흔들고 있었다. 우리가 쥔 이 깃발을 꺾으려는 자들도 있었지만 뭣도 모르면서 이 깃발만큼은 놓치지 않았다. 참으로 다행한 일이었다. 이 깃발 때문에 우리는 출신 성분이 어떠하든지 차별받지 않고 이 땅에서 자식을 낳아 기르며 행복하게 살 권리가 있음을, 뭣도 모르고 살아왔어도 알게 되는 것이었다. 나를 앞서간 삼대의 역사, 그리고 내 뒤를 따라오는 내 눈으로 확인할 수 있는 또 다른 삼대의 역사, 그렇게 대를 이어가면서 이 땅에는 오직 이 하나의 깃발만이 펄럭이길 소망한다.

19 | 꼴찌로 달리기 (2)

날이 춥다. 열흘 후면 경칩인데 겨울이 다시 오는 것 같다. 청년 실업자들이 무료급식소 앞에 길게 줄을 서 있다는 뉴스가 들린다. 대학에 입학한 아들을 바래다주려고 동대구역으로 갔다. 손님을 기다리는 택시들이 끝 모르게 늘어서 있다. 한 사람을 태우려면 한 시간을 기다려야 한단다. 늘어선 택시들을 잊지 말라고 아들에게 당부한다. 추기경님도 돌아가시고, 우리는 어디서 이 추운 마음들을 위로받을까. 사람들이 추기경님의 주검을 떠나지 못한다. 추기경님처럼 장기 기증도 하고 빈 몸으로 떠날 것이라고 서약하는 사람들이 늘어간다. 떠난 자보다도 남은 자들이 더 외로운 때문이다.

'20년 동안 키워주셔서 감사합니다. 고생하신 것 헛되지 않게 열심히 하겠습니다.'

돌아오는 길에 아들로부터 받은 문자 메시지다. 새끼를 둥지에서 떠나보내는 어미 새의 마음이 이런 것인가. 한 걸음씩 삶을 깨쳐 나가는 것이 대견하다는 생각이 들면서도 마음 한쪽이 무겁다.

겨울이 깊으면 봄이 멀지 않다고 했는데 유럽 발 금융위기가 또 다시 몰아쳐 온다. 환율과 주식시장이 다시 출렁거린다. 그 틈을 노리고 환투기 세력들이 들어 왔다 나가기를 되풀이한다. 돈 놓고 돈 먹기 게임이다. 대부분의 자원을 해외에 의존하고 있는 우리 경제는 환율에 따라 제조 원가가 출렁거린다. 판매 가격 조차도 결정할 수가 없다. 열심히 노력한다고, 성실히 일만 한다고 살아 날 수 있는 구조가 아니다. 무역시장은 덤핑, 할인, 아비규환으로 가고 있다. WTO는 기능을 상실하고 보호무역주의로 회귀 중이다. 세계 경제는 금융자본주의라는 그물에 걸린 개구리 신세다. 속수무책이란 생각이 든다. 인간사의 문제는 결국 인간의 문제이니 사람 사는 곳 어딜 가나 모순투성이일 것이다.

나는 역사를 움직일 사람은 못된다. 그러나 내가 속한 집단과 조직의 모순에는 늘 저항하며 살아왔다. 가난에 저항하여 자립경제하고자 하였고, 나를 억누르는 굴레들과 싸웠다. 그 굴레는 제도, 인습인 경우도 있었고 때로는 관념인 경우도 있었다. 나는 그것을 우상이라 규정한다. 생명과 자유를 구속하는 모든 것들을 우상이라 단정한다. '우상을 섬기지 말라'하신 하나님의 제 1계명은 절에 가서 절을 하지 말라는 것이 아니라 '세상의 그 어떠한 것도 생명보다 존귀한 게 없으니 숭배하지 마라'는 의미라고 믿는다.

나는 자유를 갈망하였고 지금도 자유인이기를 갈망한다. 때로는 그 갈망이 너무 간절하여 대쪽 같이 쪼개지며 나를 억누르는 것들을 찌르기도 하였다. 진정한 자유는 무덤에 들어가서 편히 쉬는 때에야 오겠지만, 그래도 나는 오늘 나의 자유를 구속하는 작은 어항 하나를 부수고 가기를 소망한다. 이런 나의 태도가 나를 고난에 처하게 할지도 모른다. 그러나 적어도 내 아이들은 그 따위 어항 때문에 갇히는 일은 없을 것이라는 생각을 하는 것이다.

나는 이솝의 '두루미를 왕으로 삼은 어리석은 개구리' 이야기를 평생 가슴에 담아 왔다. 개구리는 개구리들끼리 살아야 행복하게 살 수 있다. 학이나 두루미를 왕으로 모시면 그들의 밥이 될 뿐이다. 그런데 나를 절망케 하는 것은 자신도 개구리이면서 개구리를 학대하는 자들 때문이다. 그들은 늘 우아한 두루미나 학 옆에 붙어서 특별난 체 하는 족속들이다. 그들은 개구리를 보호한다는 명분으로 두루미에게 개구리를 먹이로 제공한다. 모두가 다 두루미의 밥이 되는 것 보다 한 마리씩 차례로 그들의 밥이 되는 게 났다는 생각을 주입시킨다. '밥이 되는 개구리는 당신이 아니지 않느냐고 마취를 건다. 개구리들은 그 유혹을 이겨내기가 어렵다. 우물 속의 개구리는 영원히 우물을 벗어나질 못한다.

'한 생명이 천하보다 소중하다'는 말씀은 참이다. 생명보다 더 귀한 것은 없다. 살기 위해서라면 무슨 짓이라도 할 수 있는 게 생명이다. 꽃제비 아이들이 구정물통에 가라앉은 음식찌꺼기를 건져내어 먹는다. 육군 제1하사관학교 훈련병 시절, 휴식시간 10분 동안 PX로 달려가 빵을 사서는 냄새나는 변소 칸에 들어가서 마른 목으로 빵을 삼키는 전우들을 보았다. 다른 병사들이 나눠달라고 할까봐 숨는 것이다. 유격훈련 중에는 목이 타서 벼를 심어 놓은 논에 머리를 처박고 논물을 벌컥벌컥 들이키기도 했다. 극한에 다다르면 무슨 짓이라도 할 수 있는 게 생명이다. 그러나 그러한 한계상황에서도 배를 채우지 않고, 목을 축이지도 않고 버티고 선 자가 있다. 모순에 저항하며 꼴찌로 달리는 자들이다. 그들은 그 모순이 어디서 오는지를 깨어 있는 눈으로 보고 있다. 거짓 영(靈)은 절대로 그 눈을 피할 수가 없다.

그대가 나를 벗으로 인정하지도 않는데, 말석에라도 끼워만 달라고 애원하는 삶을 견디라고 하면 그 인내는 한(恨)이 된다. 복수의 칼날은 괄시와 천대를 숫돌로 삼아서 날이 선다. 아브라함이 낳은 장자 이스라엘과 서자 이스마엘은 지금도 중동전을 벌이며 서로를 죽이고 있다. 똑 같은 자식이면서 적서를 가리고, 할례

받은 자와 할례를 받지 못한 자를 구별하고야 마는 선민사상은 그 반대편에 선 사람을 사탄이나 마귀의 자식으로 보는 것이다. 함께 더불어 살 수는 없는 것인가?

사람들은 모두 다 모순의 대열에서 벗어나길 원한다. 권력을 향한 의지는 거기서 나온다. 권력을 잡으면 다른 생명을 손아귀에 쥐고 최소한 자기 자신만은 그 모순에서 벗어날 수 있다. 권력이 살아있는 동안은 다른 생명을 조롱하며 쾌락을 향유할 수가 있다. 혼자만 모순에서 벗어나면 되는가?

세상에 공짜란 없다. 선한 청지기의 의무를 모르는 그들은 머지않아 자신의 영혼을 팔아서 권력에 기생하는 개가 되고 만다. 그들은 모순에 저항하는 개구리가 두렵다. 상을 주어 순종하게 하든가, 채찍을 휘둘러 복종하게 만든다. 개구리들은 하나 둘 쥐도 새도 모르게 사라지고 우는 것을 멈춘다. 대롱 속에 갇혔다가 나온 벼룩마냥 뛰는 것을 잊어버리고 알아서 기게 된다.

'부조리다.'

인류의 역사는 부조리의 역사다. 나는 그 부조리 때문에 늘 분노한다. 배고픔, 목마름 때문에 반항하는 것이 아니라 부조리 때문에 저항한다. 나자마자 죽음을 향해 갈 수밖에 없는 생명은 그 자체가 부조리이고 모순이다. 모든 생명은 모순 속에서 살 수밖에 없지만 모순을 벗어날 수도 있다. 개구리들이 떨치고 일어나면 가능하다. 팔을 걷어붙이고 길거리로 나서자는 게 아니다. 내면의 혁명을 기하는 것이다. 우리 모두가 결국에는 죽을 수밖에 없는 개구리임을 알고 개구리들을 학대한 것을 참회하고, 서로가 서로에게 위로가 되어주는 것이다. 서로 사랑하는 것이다. 모든 개구리들이 혼자만 살려고 뛰지 말고 추기경님처럼 꼴찌로 달리는 것이다.

이스라엘 백성에게 국한된 모세의 선민사상을 인류에게로 확대시킨 바울은 예수님 다음으로 위대하다. 교회 중심의 구원 사상을 성서중심, 믿음 중심 사상으로 확대한 캘빈과 루터는 바울 다음으로 위대하다. 종교와 종교, 사상과 사상의 벽을 허물고 모든 인간을 예수의 마음으로 포용하고 사랑하려 한 교황 요한 바오로 2세[1]와 김수환 추기경은 이 시대의 살아 있는 예수다. 그들은 생명을 사랑했다. 가장 위대한 분이 가장 낮은 곳으로 임하시어 꼴찌로 달리셨다. 그분들은 세상의 모순을 보았고 모순의 어항을 깨려고 애를 썼다. 그 속에 갇힌 생명들을 불쌍히 여기고 한없는 위로를 주셨다. 꼴찌를 자처하셨지만 어항을 깨는 일에는 눈 한번 깜짝하지 않고 앞장을 서셨다. 우리의 모진 마음은 거기서 무너지고 비로소 폭포수 같은 눈물을 쏟아내고야 마는 것이다.

---

1) 속명은 '카롤 보이티와', 1978년, 제264대 교황으로 선출되었고 104차례 129개국을 순방해 '행동하는 교황'이란 애칭을 얻었다.

나는 부활이란 바로 그런 것이라 믿는다. 아주 오래 전에 세례를 받던 날, 부활을 모르면서 믿는다고 거짓 고백한 그 부활은 모순의 세상을 깨고 나와 창세에 하나님이 축복하신 모든 생명들이 번성할 수 있도록 하는 일이라고 믿는다. 그 일이 바로 일일신 우일신(日日新又日新) 하는 길이라고 믿는다. 그 길만이 복락원으로 가는 참 길이라고 믿는다. 군 시절, 선임하사가 얼마나 약이 올랐으면 꼴찌로 달리는 놈에게 하루 종일 연병장을 뛰라고 했겠는가. 달러를 사지 말고 주식을 팔지 말라. 개구리들이 그 장(場)에 들어가지 않으면 그 판은 그들끼리의 놀음이 되고 말 것이고, 달리기 시합은 없어질 것이다.

성서는 인류가 가장 많이 읽었다는 책이다. 서양의 역사는 성서가 기초가 된 세상이다. 아침저녁으로 성서를 읽고 수많은 사람들이 성서에서 영감을 얻어 살아가는 꾀를 도모한다. 그 꾀가 시대의 주류를 형성하면 이념이 되고 사상이 된다.[2]

아나니아와 삽비라 이야기의 변종이 공산주의다. 하나님의 자리에 공산당이 앉은 것이다. 금융자본주의는 성서에 나오는 십부장, 백부장, 천부장 제도를 끌어와서 피라미드 판매방식을 만들고, '구하라 그러면 얻을 것이라'는 플래카드를 흔들면서 세상의

---

[2] 고려는 불교가, 중국 봉건사회는 유가사상이, 조선은 유가의 철학적 세계관인 성리학이 그 시대의 지배 이념이 되었다. 당대의 사람들이 가장 많이 읽고 배우는 성경, 불경, 논어가 그 시대의 근본정신이 된 것은 자연스런 일이었다.

돈이란 돈을 몽땅 끌어 모아 돈이 왕 노릇하는 시대로 만든 결과물이다. 타락한 영혼들이 빚어낸 또 다른 변종이다. 그들이 바로 천사로 위장된 악마이고 사랑으로 분칠한 흡혈귀며 예수가 말한 적그리스도다.

하늘의 것이나 땅의 것이나, 물속에 있는 것이나 보이는 것이나 보이지 않는 것이나 그 어떠한 것도 숭배하지 말라 한 하나님의 계명에 나오는 우상은 바로 그러한 것들이라고 나는 믿는다. 우상을 추종하는 그 순간 인간은 자유를 잃고 우상의 종이 되고 만다.

'종(隸)'

'슬레이브'

'자유를 잃어버린 자'

우리도 모르게 갇혀버린 금융자본주의의 그물은 개구리들이 돈을 왕으로 섬기지 않으면 벗어날 수가 있다. 너무 나이브한 생각인가? 아무튼 나는 꼴찌로 달리는 것을 멈추지 않을 것이다. 내가 꼴찌로 달리면 혼자 남을까 두려워 정신없이 달리는 또 다른 꼴찌가 나로 인해 위로를 받을 것이고, 그 순간 나는 개구리에서 자유인으로 부활하여 '개굴개굴' 목청 좋게 울게 될 것이다.

20

신의 뜻, 인간의 뜻

　당신은 어떤 세상을 꿈꾸십니까? 돈을 많이 벌어서 고대광실을 짓고 사람을 종 부리듯 부리며 사는 세상을 꿈꾸십니까? 아니면 하늘 꼭대기까지 벼슬이 높아져서 사람 알기를 발가락 사이의 때처럼 하찮게 여기고 가는 곳마다 수행비서에 경호원까지 줄줄이 달고 다니며 모두가 그대를 높이 떠받드는 그런 세상을 꿈꾸십니까? 그러고도 모자라서 그렇게 공들여 만든 세상을 어떻게든지 내 아들, 내 손자에게 고스란히 물려주어 그대의 후손들이 자자손손 대를 이어서 남위에 군림하면서 살도록 하는 세상을 꿈꾸십니까? 그런 세상을 만들기 위해서, 그런 지위를 보장 받기 위해서 오늘도 잠을 자지 않고 공부를 하고, 사업을 하고, 국회의원 출마를 하고, 헌금을 내고, 교회나 절에 가서 기도를 하십니까?

　오래 전에 나는 부활이 믿어지지 않으면서 부활을 믿는다고 거짓 신앙고백을 하고 세례를 받은 적이 있습니다. 그 이후부터 부활을 알기 위하여 엄청 많은 고민을 했지만 지금도 부활이 뭔지 모르겠습니다. 당신은 부활이 있다고 믿습니까? 있다고 믿는다면 부활의 세상은 어떤 세상이며, 당신은 어떤 모습으로 부활되길 원하십니까? 하나님의 우편에 앉아 그동안 당신을 멸시 천대한 사람들을 꿇어앉혀 놓고 점령군처럼 호령하는 부활을 원하십니까? 아니면 그대와 그대 가족과 그대 이웃 모두가 함께 영원한 화평을 누리는 부활을 꿈꾸십니까? 후자의 부활을 꿈꾼다면 그대는 왜 현세에서는 그런 세상을 만들려고 노력하지 않습니까?

현세는 타락한 세상이라 어차피 하나님의 심판을 받아 망할 수밖에 없으니, 믿는 자에게만 주어지는 물질 축복, 건강 축복, 벼슬 축복을 누리며 살다가 부활의 때가 오면 신이 완전한 새 세상을 만들어서 구원해 줄 것이니 골치 아프게 그런 것 따지지 말고 그냥 믿고 그렇게 살아가면 된다고 생각하십니까?

당신이 섬기는 신은 도대체 어떤 분입니까? 믿음 하나로 바라는 바 모든 욕망을 이뤄주는 신입니까? 믿는 자들의 기도라면 무조건 들어주시는 신입니까? 그대가 베푸는 작은 선행에도 감동하여 그대가 하자고 하는 무작정 따라가고 마는 신입니까? 자신을 섬기지 않는 사람들이 밉다고 모조리 불지옥으로 보내버리는 신입니까? 헌금을 많이 바친다고 감격하여 그대의 재물을 열 배 혹은 백배로 불려주는 신입니까?

백년 전쟁을 치루는 동안 영국과 프랑스는 같은 신을 섬겼습니다. 서로가 신은 자기편이라고 주장하며, 하루 이틀도 아닌 백년이 넘는 세월 동안 싸웠습니다. 수없는 목숨이 죽어 나갔습니다. 그 전쟁을 승리로 이끈 프랑스의 잔 다르크는 루앙에서 종교재판을 받고 마녀로 판결되어 화형에 처해졌습니다. 그 전쟁은 인간의 욕망이 신의 이름을 빙자하여 만들어낸 전쟁입니까? 아니면 인간이 알지 못하는 신의 숨은 의지에 의해 치러진 전쟁입니까? 1920년, 로마 교황청은 잔 다르크를 성인으로 인정하였음에도 마녀재판 결과에 대해서는 자기과오를 인정하지 않았습니다. 잔 다르크는 지금도 마녀인 동시에 성인입니다. 그것은 신의 뜻입니까? 아니면 인간의 뜻입니까?

생각을 바꾸지 않으면 아무 것도 달라지지 않습니다.

21 | 부처님 생각, 예수님 생각

오늘은 부처님 오신 날입니다. 우리가 부처님 탄생을 기념하고 찬양하는 것은 부처님께서 무지한 우리를 일깨워 주신 때문입니다. 그게 바로 우리에게는 행운이고 크나큰 복입니다. 예수님의 탄생도 마찬가지입니다. 나는 불교신자는 아니지만 매년 초파일이면 절을 찾습니다. 수많은 사람들이 연등을 달며 복을 기원합니다. 하루 등, 일년 등, 마당에 다는 등과 법당 안에 다는 등의 값이 각각 다릅니다. 절을 운영하는데도 돈이 들어가니 운영하는 사람이 인간의 이기심을 건드리는 방편을 쓴 것입니다.

나는 경전을 공부한 바는 없지만 부처님의 생각은 읽을 수 있습니다. 내가 부처님이라고 생각해보면 알 수가 있습니다. 내가 부처님이라면 시주를 많이 했다고 일년 열두 달, 내 앞에 엎드려서 복만 구하는 사람에게는 복을 줄 것 같지가 않습니다. 아니, 그 가진 복까지 빼앗아 버릴지도 모르겠습니다. 부처님께서 가르침을 펴실 때는 깨우친 자랑이나 하려고 그리하신 것이 아닐 것입니다. 기이한 행적을 보여주며 무리들을 모아 연등이나 팔려고 그리하신 것도 아닐 것입니다. 내가 내 자식들을 가르칠 때처럼, 부처님께서 힘들게 깨우치신 것을 중생들도 깨우쳐서 복 된 삶을 살기를 바라는 마음 때문이었을 것입니다. 내가 선생이 되어 남을 가르칠 때 배우는 자들이 그 길을 걸어가 주길 바라는 마음이 있듯이, 부처님께서도 우리가 당신의 가르침대로 살기를 바라는 마음이 간절하여서 설법을 하셨을 것입니다. 내 배 아파 낳은 내 자식도 부모의 훈계는 들은 체도 안하고 만날 때마다 "돈 좀 주세요" 하는 소리만 한다면 "자식이 웬수다"라는 탄식이 저절로 나올 것인데, 부처님인들 그러하지 않겠습니까. 우리가 부처님을 믿을 때 그 가르침이 옳기 때문에 믿는 것이지, 도깨비 방망이처럼 하늘에서 뚝딱 복을 주는 능력이 있기 때문에 믿는 것은 아니지 않습니까.

예수님의 가르침을 다른 말로 복음(福音)이라고 합니다. 그 소식대로 살면 우리에게 복이 되기 때문입니다. 예수께서 가르침을 펴실 때에 그의 어머니와 형제가 그에게로 오는 것을 보고 곁에 선 무리가 말합니다. "저기 선생님의 어머니와 형제들이 오고 있습니다." 예수께서 그 말을 들으시고 "누가 내 어머니고 형제냐? 내가 말하는 것을 듣고 그대로 따르는 사람이 곧 내 형제요 어미니라.” 고 하십니다. 그 말씀을 듣고 사람들은 저가 자기 부모형제도 모른 척한다고 힐난을 합니다. 듣는 사람이 깨우침이 부족한 탓입니다. 예수께서 이리 말씀하신 것은 그가 불효막심한 탓이 아니라 복음(바른 가르침)을 듣고 깨우침에 이르는 일이 더 중요하다는 것을 강조하신 것입니다.

석가나 예수의 가르침을 깨달아 마음에 변화를 일으켜서 복된 삶을 누리지 못하면 나는 그분들과 아무런 관계가 없는 사람이 됩니다. 절에 가서 아무리 많은 시주를 하고, 안식일을 한 번도 빼먹지 않고 교회에 출석했다 할지라도 나는 그분들과 무관한 사람이 됩니다. 예수께서도 그리 말씀하신 적이 있습니다. “내가 당신께 언제 어느 때 무엇을 드렸고, 또 이리이리하지 않았느냐고 해도 나는 너를 모른다 할 것이다.” 그것도 그냥 모른다가 아니라 ‘도무지 모른다고 할 것’이라 했습니다. 회사에서도 직원이 사장의 지시와 가르침을 따르지 않으면 해고 사유가 되고, 내가 낳은 자식도 나의 가르침을 따르지 않으면 원수가 되는데 하물며 석가와 예수가 나를 안다 하겠습니까.

복은 자기 마음 그릇 크기만큼 받습니다. 우리가 바른 길(진리)을 걷고자 한다면 인연에 매이지 말고 어떤 경우에라도 “옳으면 옳다. 그르면 그르다” 해야 합니다. 그리고 바른 길(정법)이 무엇인지 세상에 알려야 합니다. 바른 길이란 곧 모든 사람들에게 유익이 되는 길입니다.

　석가탄신일을 맞아 석가세존이 우리에게 무엇을 가르쳐 주셨고 그 의미는 무엇인지를 생각해보는 하루가 되었으면 좋겠습니다. 나도 초파일이면 연등 값을 냅니다. 복 받을 요량으로 내질 않고 이런 큰 행사를 치르려면 비용이 꽤 들 것이니 내가 먹은 만큼은 내가 부담하는 것이 도리란 생각으로 냅니다. 복은 스스로 짓는 것이고 방편은 그나마 그리하는 것이 아니함보다는 나을 듯하여 쓰는 술수일 뿐입니다. 종교가 보여주는 모든 기적은 어리석은 인간을 불러 깨우침에 이르게 하는 하나의 방편입니다. 방편을 오남용하다 보면 방편이 본질의 자리를 차지하게 됨으로 세상을 더욱 혼돈에 빠뜨리게 됩니다. 방편을 진리인 양 앞세우는 사람들이 넘쳐납니다. 그건 속임수입니다. 세상사람 모두가 "알면 안다. 모르면 모른다."하는 솔직한 삶을 살 때 이 세상이 비로소 복된 세상이 될 것이라는 생각을 합니다.

22 | 비

비가 억수로 내린다. 하늘은 어디에다 저렇게 시커먼 구름들을 숨겼더란 말인가. 산도, 나무도, 집들도 빗물에 씻긴다. 빗물은 모든 썩고 냄새나는 것들을 휘감아 안고 도로를 흘러 내려 하수구로 몰려간다. 팔을 벌리고 하늘을 우러르며 흠뻑 비에 젖고 싶다. 석간신문에는 급류에 휩쓸려 떠내려가던 오리들이 신천 둔치로 오르려고 발버둥치는 사진이 실렸다. 놀라고 당황한 모습이 역력하다. 요즈음 비는 예측할 수 없다고 게릴라성 폭우라 한다. 단시간 내에 100mm에 가까운 비가 특정지역에만 퍼붓는다. 예측할 수 없는 재난이라는데, 정말 예측할 수 없다는 말인가.

기독교 전도봉사단으로 아프가니스탄에서 활동하던 우리 국민 스물세 명이 탈레반 무장 세력에게 인질로 잡혀 두 명은 이미 살해 되었다고 한다. 그들이 믿는 종교가 진리라면 차마 선량한 사람들을 해치진 못하였으리라. 어느 신이 함부로 사람의 생명을 앗으라 했겠는가. 신을 팔아서 자신의 뜻을 이루려는 소행일 뿐이다. 우리의 봉사단은 유일신이 다스리는 나라에 또 다른 유일신을 앞세우고 갔다고 한다. 유일신이 둘일 수 없으니, 충돌은 필연이다.

복음서를 읽으면 예수가 참 외로웠을 것이라는 생각이 든다. 진실을 외치면 외롭지 않을 수가 없다. 사람보다 교회를 더 신성시하는 대제사장들 앞에서 '우리 몸이 교회'라고 선언하는 것은 죽음을 자초하는 일이다. 버러지보다 못한 종이나 노예들이 절대 권력자가 목숨을 걸고 수호하는 교회와 동격이란 가르침은 이만저만한 신성 모독이 아니다. '우리의 몸이 교회'라는 이 선포는 웅장한 교회 안에서 신의 이름으로 사람을 차별하고 학대하는 지배 권력들을 끌어내려서 마당에다 내 동댕이치는 파괴력을 지닌 말씀이다.

예수의 행적을 보면 인간이 인간을 도구화하고 수단화하는 이런 작태들에 대해서 분노하신 것을 알 수 있다. 하나님을 모신 곳이 교회일진데, 우리 마음에 하나님을 모시면 우리 몸이 교회가 되는 것은 당연한 이치이다. 어느 시대나 당연한 것을 당연하다고 외치면 탄압을 받는다. 유럽 여행을 가보면 한국의 절은 비교가 되지 않을 정도로 으리으리한 교회들이 길 건너마다 하나씩 있다. 그 많은 교회에서 무엇을 가르쳤으며 그들은 어떻게 인간의 정신

세계를 지배하고 통제하였는가?

'우리 몸이 교회'라는 예수의 가르침은 '심즉시불(心卽是佛)'이란 가르침과도 하나 다르지 않다. 하나님을 모신 곳이 교회일진데 내 안에 하나님을 모시면 내 몸이 교회인 것이 논리적으로도 옳은 말이다. 그럼에도 우리의 의식은 물질과 권위와 제도로 무장된 거짓영혼들이 몽매한 영혼들을 유혹하여 도구화하는 일에 자신도 모르게 동의한다. 내 몸이 교회이고 내 마음이 부처라면 모든 인간은 서로가 서로를 귀하게 여기고 공경하는 게 당연하다. 신은 공경하면서 그 신을 담은 우리 몸은 왜 서로가 공경하지 못하는가? 기독교 전도봉사단은 그곳에 진정 무엇을 전하러 갔던가? 깨우치지 못하면 평화는 요원하다.

지구상의 생물들 중 인간들만이 세력을 만든다. 세력이 커지면 체제가 되고, 체제는 하나의 생물로 변종이 되어 제 살 길을 도모한다. 깃발을 흔들며 구성원들을 세뇌시키고, 체제 수호를 위해 피를 흘리는 것을 순교라고 선동하며, 이성에다 검은 너울을 씌운다. 그때부터 사람은 자신이 무슨 짓을 하는지 알지도 못한 채, 아무런 죄의식 없이 체제의 주구(走狗)가 되고 만다. 맹목적인 집착이 반석 같은 믿음으로 오인되어 가공할 힘을 발휘한다. 세상을 다 부셔 버릴 수도 있다.

탈레반은 세계문화유산으로 등재된 바미안 석불을 우상이라며 대포를 쏘아 파괴해 버렸다. 그들이 믿는 유일신 때문이다. 유대주의자들도 유일신을 섬긴다. 이슬람의 신이나 유대의 신이나 들여다보면 한 뿌리다. 아브라함의 가계는 그가 백 살이 되어 낳은 아들 이삭에 의해 계승되어 이스라엘이 되었고, 아비로부터 버림받은 서(庶)장자 이스마엘은 무슬림의 시조가 되었다. 중동의 분쟁 속에는 유대의 선민(選民)사상이 빚어낸 무슬림의 한이 서려 있다. 거룩한 순교, 누가 누구를 위해 순교한다는 말인가. 사람이 사람을 지배하고 수단화하는 행태들이 문명이 개화된 오늘날에도 처처에서 자행되고 있다. 국가, 민족, 정의, 자유, 돈, 법, 그리고 때로는 신의 이름으로 세력화하면서….

껍데기로 영혼을 유혹하여 알맹이를 가로채려는 자들을 경계해야 한다. 악마는 형체가 없지만 실재한다. 인간을 도구화하는 시스템, 그게 바로 악마다. 그 속에 들면 개인은 아무런 힘을 쓸 수가 없다. 벗어나려 발버둥 쳐봐도 올무에 걸린 사슴일 뿐이다. 올무는 올무로서의 기능을 다 하려고 제 스스로 자기 목을 조인다.

구름이 세력화되면 폭우로 변한다. 비야 메마른 땅을 식히려고 내리는 것이지만 테러는 무슨 이유로 자행되는가. 탐욕의 인간들이 모여 세력화하지 못하도록 부풀어 오르는 악성에다 찬물을 끼얹어야 한다. 신성과 악성이 공존하는 내 마음을 보면서 인간의 모순을 해결하는 길은 참회와 기도밖에 없다는 생각을 한다.

싸움은 자기 생각에다 타인의 생각을 강제로 일치시키려는 행위이다. 모든 폭력과 전쟁은 생각의 충돌이다. 생각의 충돌은 만인의 만 가지 생각을 인정하지 않기 때문에 일어난다. 한 생각이 세력을 얻어 다른 생각들을 통제할 때 자유는 억압되고 생명이 유린된다. 그냥 생각일 뿐인 것이 목숨까지 앗아 가기도 하는 것이다.

이웃과 생각이 다를 때 우리는 어떻게 행동하는가? 내 마음을 몰라준다며 고함을 지르는가? 화를 못 참고 주변에 있는 물건을 던지고 부수는가? 모르면 잠자코 있으라고 하며 윽박지르는가? 상대방의 약점을 잡아 복종하게 만드는가? 이웃을 비난하며 왕따(고립)를 시키는가? 우리는 너와 내가 생각이 다를 때는 어찌해야 하는지를 배우질 않고 또 배우려고 노력하지도 않는다. 어떻게 해야 만인의 만 가지 생각과 어울려 조화롭게 살아갈 것인가? 상대방의 가슴에 못을 꽝꽝 박으면 그 못은 먼저 내 가슴을 뚫고 지나간다. 선동과 세뇌는 이성(理性)을 마비시키지만, 감동과 감화는 이성을 눈뜨게 한다. 오로지 인간 본연의 마음인 서정(抒情) 속에서만 이성은 반짝 반짝 빛을 발한다. 내 마음을 가두어 두지 말고 초원에 풀어 놓아야 한다. 모두가 시원한 마음이 되어 생각에 막힘이 없도록 해야 한다. 저 쏟아지는 비처럼 더 많은 이해와

비움과 양보가 이루어져야 한다.

　물에 빠진 오리를 보고 있으려니 비 오는 날 옷을 입은 채로 물웅덩이에 풍덩 뛰어들어 헤엄치던 어린 날이 생각난다. 쏟아지는 비가 웅덩이와 나와 하늘을 하나로 만들어 버리던 어린 날의 그 시원함이 생각난다.

　비! 너무 뜨거우면 초목들이 타 죽는다고 여름을 식히는 비가 주룩주룩 내린다. 오리는 혼비백산하였겠지만 빗물에 씻겨 나간 나무들이 참 시원해 보인다. 저 비가 아프간 땅에도 좀 내려주면 좋겠다. 땅이 메마르니 마음도 메마른 것이 아니겠는가. 비가 멈춘 하늘 뒤로 보이는 팔공산이 맑은 초록이다. 구름이 벗겨지는 숲이 내 눈까지 시원하게 한다.

23 | 거울 앞에서

세수를 하고 거울을 본다. 아이처럼 거울 가까이로 얼굴을 가져가 본다. 거울 속의 나도 거울 밖의 나를 향해 얼굴을 들이댄다. 거울 속의 나와 거울 밖의 나는 거울 하나를 사이에 두고서 만나지 못한다. 언제부터인가 나는 거울 속의 나를 만나려는 생각을 잊어버렸다. 거울 속의 내가 거울 밖의 나를 그리워하지 않은 탓이기도 하려니와, 거울 밖의 나 또한 거울 속의 나를 찾지 않은 때문이기도 하다. 오랜 세월 동안 거울 속의 나를 한번 만나보지 않겠느냐고 묻는 이조차도 없었다. 참으로 다행한 일이다. 누가 내게 그런 질문을 했더라면 나는 틀림없이 그를 이상한 사람 취급했을 터이니 말이다.

거울 밖의 나는 거울 밖의 세상을 돌아다니고, 거울 속의 나는 거울 속의 세상을 돌아다닌다. 그렇게 서로가 제멋대로 돌아다니다가 우리는 꼭 거울 앞에서 만난다. 거울 밖에 있는 내가 거울 속의 나를 보지만, 가끔은 거울 속의 내가 거울 밖의 나를 보기도 한다. 거울 속의 내가 거울 밖의 나를 빤히 쳐다 볼 때는, 아주 어렸을 때 길을 걷다가 이유 없이 내가 싫어지던 날의 기억처럼 거울 속에 있는 내가 정말로 싫어지기도 한다. 그럴 때는 거울을 뒤집는다. 거울이 사라지면 거울 속의 세상도 사라진다. 하지만 그건 내 생각일 뿐, 거울이 사라졌다고 거울 속의 세상이 정말로 사라진 것은 아니다. 거울 밖에 내가 존재하는 한 거울 속의 나 또한 거울 뒤편 어디엔가 존재할 것이다.

나는 남들이 좋아하는 사람이 되고 싶다. 그래서 아침마다 거울을 보며 머리를 빗고 간단한 화장이지만 얼굴을 매만진다. 거울 속의 내 모습이 만족하다 싶으면 출근을 한다. 이때의 만족은 나의 만족이 아닌 세상 사람들을 위한 만족임에도 나는 그걸 인식하지 못한다. 솔직히 말해서 나는 나를 잘 모른다. 내가 무엇을 진실로 좋아하는지조차도 모른다. 그럼에도 나는 나를 연구하거나 나자신을 알려고 애를 쓰지도 않는다. 그러나 가끔씩은 거울 속의 나에게 내가 누구인지 묻고 싶을 때가 있다. 그럴 때면 얼굴을 평소보다 좀 더 가까이 거울로 가져간다.

인류 최초로 거울을 만든 사람은 '자기가 누구인지를 맨 처음 고민한 사람'일 것이라는 생각이 든다. 옹달샘에 물을 먹으러 간 누군가가 물속에 비친 제 얼굴을 보고 저게 누구일까 하는 의문이

들어 왼팔을 들어보고 오른 팔을 들어보고 하다가 비로소 자신을 인식하게 되었을 것이다. 그는 자신이 누구인지 무척 궁금했을 것이다. 자신에 대한 인식, 자신이 누구인지를 궁금해 하는 것은 신을 찾아가는 첫걸음이다.

우물 앞에서 자신을 바라보는 눈을 발견한 최초의 인간이 청동 거울을 만들었을 것이다. 거울 속의 세상이 신기했을 것이다. 거울을 들고 이리저리 돌려보니 그 속에는 무한의 세상이 들어 있었고, 거울 밖의 세상을 빤히 보는 눈이 있었을 것이다. 그 눈 때문에 맨 처음 거울을 만든 인간은 이 넓은 천지간에 제 몸 하나 숨길 곳이 없음을 알았을 것이다. 두려웠을 것이다. 그 두려움이 그에게 무서운 형상의 신을 만들게 했을 것이다. 거울 앞으로 사람들을 불러 모으고, 신의 이름을 부르며 방울을 흔들며 주문을 외우고 신의 소리를 내며 예언했을 것이다. 인간들은 거울 앞에 모여서 알지도 못하는 곳에 존재하는 신에게 제사를 올리고 잘못을 빌며 용서를 구했을 것이다. 그때부터 지금까지 인간은 신의 노예가 되어 자신을 위해서 울지 못하고 신을 위해서 울고 있는 것이다.

아침마다 거울을 보지만 나는 거울 속의 나를 모른다. 단 한 번만이라도 그를 만나보고 싶다. 그의 눈에 내가 어찌 비치는지를 물어보고 그의 시각에다 나를 일치시키고 싶다. 거울 밖의 내가 거울 속의 나와 만나지 못하는 것은 거울 때문이 아니다. 거울 속의 나는 거울 밖의 내가 가까이 갈 때만 다가온다. 그것도 아주 순수한 마음으로….

이제 거울 앞에 선 나는 신 앞에 온전히 서기보다는 나 자신 앞에 온전히 서기로 마음먹는다. 거울 속으로 나를 밀어 넣는다. 거울 속의 나도 거울 밖으로 나온다. 거울 속의 나와 거울 밖의 내가 완벽하게 일치 될 때, 거울은 사라지고 비로소 나는 신으로부터 자유로워져 나 자신을 위해서 울 수 있게 된다.

거울 속에 비친 자기를 신이라고 여기는 바보들 때문에 이 땅에는 거울 한 장도 온전하게 남아있질 못한다. 모르면 모른다 하면 될 것을, 사람들은 헛것을 보고도 참인 양 부풀려서 말하길 좋아한다. 자신을 속이지 않으면 거울은 거울일 뿐, 별다른 의미가 없는 것이다.

24 | 신들이 침묵하는 이유

  새벽에 일어나 한동안 가보지 못한 뙈기밭을 찾았습니다. 지루한 장마의 뒤 끝인지라 하늘은 아직도 먹구름 속에서 어둑어둑합니다. 무공해 먹을거리를 얻을 요량으로 고추, 토마토, 호박, 가지, 고구마 같은 것들을 골고루 심었습니다. 비가 오지 않아 매일 새벽에 승용차로 물을 길어다가 숨이 넘어가는 모종들을 살려내었습니다. 그들이 살려달라고 애원하지도 않았지만 나는 새벽마다 일어나 물을 주러 달려갔습니다. 살리는 일은 참으로 어려웠습니다. 바가지로 물을 줄 때는 새들새들 살아나다가 햇볕이 내리쬐면 그만 숨이 팍 죽어버립니다.

  비가 내려주기를 학수고대 했습니다. 내 정성이 헛되지 않았는지 모종들이 새로운 땅에 뿌리를 내렸습니다. 땅 냄새를 맡고 제 힘으로 일어서려고 잎이 거뭇거뭇해지며 살아나기 시작했습니다.

그런데 이번에는 잡초가 모종들을 괴롭혔습니다. 씨앗이 어디에서 날아 왔는지 온 밭이 풀입니다. 원체 천한 것들이라 물 한 방울 주지 않아도 잘도 자랍니다. 오체투지하듯 밭고랑을 기어다니며 풀을 뽑았습니다. 잡초는 죽이는 일조차도 쉽지 않았습니다. 비닐 멀칭 사이로 올라온 바랭이가 고추 모종을 인질로 부여잡고 뽑히지 않으려고 버팁니다. 세게 잡아당기면 모종도 함께 뿌리째로 뽑혀 버립니다. 삶은 어딜 가나 치열하다는 생각을 하며 행여 모종이 다칠까 바랭이만 하나씩 골라서 뜯어냅니다.

멀칭을 하지 않은 고랑은 잡초 천국입니다. 원래 땅은 잡초들의 것이었는지도 모르겠습니다. 제초제를 뿌리고 싶은 것을 참아내며 하나하나 손으로 뽑았습니다. 땀은 비 오듯 흐르고 끊어질 듯 아픈 허리를 잠시 펴면 현기증이 나기도 합니다.

오늘 아침에 가서 보니 그렇게 가꾼 고구마 이랑이 온통 들쑤셔져 있었습니다. 이제 막 생기기 시작한 어린 고구마 뿌리를 산짐승들이 주둥이를 들이밀어 다 캐 먹어버린 것입니다. 노루인지 멧돼지인지 알 길이 없지만, 한 두 녀석이 그런 게 아니고 아주 가족 단위로 몰려와서 만찬을 즐긴 듯 보였습니다. 이랑에다 하얗게 제초제를 친 옆집 할머니의 밭은 멀쩡합니다. 녀석들도 내가 지은 고구마가 안전하다는 것을 아는 모양입니다.

지금이라도 제초제를 칠까 궁리를 하던 중에 최근에 봉무공원을 산책하다 떠오른 이야기가 다시 생각났습니다. 까치 새끼들을 잡아먹으려는 구렁이를 길을 가던 선비가 활로 쏘아 죽인 이야기입니다. 까치 새끼를 잡아먹지 못하게 하면 구렁이는 앉아서 굶어 죽어야 하는지 그 선비에게 한번 되물어 보고 싶었습니다. 까치는 구렁이가 다다를 수 없는 더 높은 곳에다 집을 짓는 슬기를 발휘해야 하고, 구렁이는 또 타고난 제주를 다하여 먹이를 구하도록 내버려 둬야 할 일이지 어쭙잖은 선비가 설익은 선악의 관념으로 개입하는 것이 아니라는 생각이 들었기 때문입니다. 그날 산책길에서 묵주를 쥐고 합장하고 있는 성모 마리아께서, 가시면류관을 쓰고 십자가에 달려 있는 예수님께서, 눈을 지그시 내려 감고 결가부좌로 있는 부처님께서 인간들의 기도에 침묵하는 이유를 알 것 같았습니다.

내가 농사짓는 곳은 파계사 아래 사하촌입니다. 수많은 불자들이 불공을 드리려 오르내리는 길목입니다. 사람들은 저마다 자신이 믿는 신을 향해 크고 작은 소원을 빕니다. 어떤 이들은 아예 계곡 옆 바위 밑에다 촛불을 밝히고 징을 치며 요란하게 소원을 빌기도 합니다. 나는 산짐승들의 만찬에 농약을 치지 않기로 했습니다. 내가 선한 때문이 아니라 인간들이 하소연하는 소리로도 이리 시끄러운데, 산짐승들까지 못살겠다고 신에게 가서 아우성을 치면 신께서 더 굳게 입을 다물 것이란 생각이 들었기 때문입니다.

　사실 태초부터 지금까지 신은 침묵했습니다. 오직 인간의 입을 빌어서 말했을 뿐입니다. 신의 가장 큰 고민은 자신의 뜻을 바로 전달하는 인간을 구하는 일입니다. 우리가 깨우치지 못하면 아마 영원히 침묵하실 것입니다.

3부

어느 전쟁 베이비의 독백

죽어 마땅한 것들이라고

쉽게들 말하지만

살리는 일은

고구마 줄기 하나도

쉬운 일이 아니다

25 | 주기도문

　오늘도 봉무공원을 산책한다. 저수지 둘레 길을 따라 빠른 걸음으로 한 바퀴를 돌고나니 땀이 난다. 청둥오리 떼들이 떠있는 호수가 평화로워 보인다. 십여 마리씩 무리를 지어 헤엄치는 모습이 마치 시합을 하는 듯이 보이지만, 자세히 보면 물속으로 머리를 쳐 박으며 열심히 아침밥을 먹고 있다. 홀로 떨어진 오리는 보이지 않는다. 떼를 지어 유영해야 이쪽에서 달아나는 고기는 저쪽에서, 저쪽에서 달아나는 고기는 이쪽에서 잡을 수 있기 때문이다. 날짐승이지만 살아가는 지혜가 예사롭지 않다. 호수가 평화롭다는 생각은 내 중심의 생각이다.

　20년 전에 창업하면서 지은 회사 사훈이 '작은 일도 큰일처럼, 남의 일도 내일처럼'이다. 고객 지향의 정신, 청렴 정직의 정신을 한 번도 잊은 적이 없다. 그래도 가끔은 경쟁사에게 거래처를 빼앗기기도 한다. 그들은 자신이 무슨 특수한 능력을 지닌 사람처럼 고객을 홀린다. 심지어는 없는 말까지 지어내어 우리를 무책임한 사람으로 매도하기도 한다. 이런 경우를 당하면 분노가 치민다. 그렇다고 화를 내면 경쟁에서 밀린다. 그들이 그런 짓을 하는 것은 나를 헐뜯는 데 목적이 있는 것이 아니라 내가 가진 물고기를 빼앗으려는 데 있다. 그들의 잔꾀를 알면 그들보다 더 멀리 내다보고 먹이를 잡으면 된다. '더럽다, 너 다 먹어라!'고 하면 아침을 굶어야 하는 오리신세가 된다. 양식이 더러운 것이 아니라 양식을 얻는 방법이 더러운 것이다.

삶을 살아가는 방법은 우리가 지금까지 익힌 직업을 통해서만 가능하다. 직업을 자주 바꾸는 사람은 굶주릴 것이다. 제 생명을 지키는데 노련해질 대로 노련해진 물고기가 서툰 오리에게 덜컥 덜컥 잡혀주지 않기 때문이다. 직업은 뽐내기 위한 것이 아니다. 세상의 모든 직업은 먹고 먹히는 관계 속에 있다.

대기업이라고 늘 남에게 군림하며 살 수가 없고, 그 위에 또 더 센 기업이 누르고 있다. 먹고 먹히는 관계는 비극이 아닌 자연이다. 살아내는 일에 정답이 있을 수가 없다. 가장 힘이 약한 것이 가장 지혜롭다. 저마다 가진 지혜를 다해 행복한 삶을 살도록 해야 한다. 그게 생명을 가진 것들의 의무다. 모든 한가함 속에는 생사의 긴박한 순간들이 숨어 있고, 우리는 누구나 예외 없이 호수에 사는 오리이기도 하고 물고기이기도 하다.

먹고사는 일을 더럽다고 자탄하면 당신은 그 즉시 남의 밥이 된다. 오리에게는 물고기가 아침밥이지만, 물고기 입장에서는 천하보다 더 귀한 생명이다. 살아있는 동안에는 죽지 말고 살아내야 하는 생명이다. 사는 일이 치사하고 메스껍더라도. 당신이 나중에라도 좀 더 나은 위치에 서거든 그대의 밥 앞에서 지금보다 좀 더 많은 자비를 허락하라. 그게 바로 겸손이고 사랑이다. 이는 내 말이 아니라 주기도문이다.

26

이 순간, 이 행복

고추 모종을 이식했다. 솔바람 이는 사이로 이랑을 만들고 검정 비닐을 씌우고 오이고추 백 포기, 가지 여섯 포기, 오이 한 포기를 심은 후 도랑물을 길어 와서 새로 이사 온 땅에 잘 정착하기를 바라며 물을 주었다. 우렁각시 이야기에 나오는 총각처럼 이 고추를 따서 누구를 줄까 생각도 하면서…. 남은 이랑에는 호박고구마, 들깨, 청량고추, 박, 호박 몇 포기를 심어야겠다. 어머니와 장모님이 그러하셨던 것처럼 나도 내 손으로 이런 먹을거리를 농사지어 아이들에게 보내 줄 것이다. 작년보다 많이 심었으니까 올해는 나눠줄 이웃이 더 늘어날지도 모르겠다.

돈을 많이 벌어서 고생하시는 부모님께 효도해야겠다는 생각을 한 적이 있다. 맏며느리로 시집온 아내를 호강시켜 줘야한다는 생각도 했다. 그런 생각 탓으로 돈을 많이 벌기까지의 세월은 그냥 시간이었을 뿐이지 나의 삶이 아니었다. 언제쯤이라야 나의 시간이 진정한 나의 삶으로 다가 올 것인지는 지금도 알 수가 없다.

어릴 때 읽은 동화책 이야기의 대부분이 '가난한 집에서 태어난 형제가 고난을 겪으면서도 굴하지 않고 열심히 노력하여 성공한 후에 부모님께 효도하며 아내와 자식들과 더불어 오래오래 행복하게 잘 살았다'는 내용들이다. 그래서 나는 '나의 참된 삶이 지금 여기, 이 자리에 있지 않고 저 멀리 영원토록 내 가족들 모두가 행복해지는 그때에 있다'고 여겼는지도 모르겠다.

지난 일요일에 심은 고구마 순이 따가운 햇볕에 다 말라 버렸다. 고추모종도 배배 틀리며 말라간다. 비가 온다는 소식을 듣고 어제 추가로 고구마 순을 더 구해다가 심고 물을 길어다 주었다. 시골까지 달려가는 기름 값이 수월찮게 들었지만, 어떻게 하든 살려내고 싶어서 퇴근길을 서둘러서 밭으로 간 것이다.

비가 온다. 사무실에서 플라타너스 넓은 잎에 떨어지는 빗방울을 바라보다가 까무러친 모종들이 살아나는지 영 죽어버렸는지 궁금하여 점심도 먹지 않고 또 달려갔다. 어제 심은 것은 빗속에서 생글생글 웃고 있는데, 그 전주에 심은 것은 영 기운이 없다. 뿌리라도 살아있어 거기서 새순이 돋을까? 비오는 날 양복을 입고 넥타이를 맨 신사가 우산을 받쳐 들고 하염없이 밭고랑을 살피고 있는 모습을 누가 보았더라면 정신 나간 사람인 줄 알았을 것이다.

죽어 마땅한 것들이라고 쉽게 말하지만 살리는 일은 고구마 줄기 하나도 쉬운 일이 아니다. 생명을 돈으로만 계산하는 세상이 싫어서 양복과 구두를 벗어 던지고 싶지만 아직도 그게 마음대로 안 된다. 속이 노랗고 쫀득하고 말랑말랑한 맛있는 '호박고구마'를 심었는데, 농사가 잘되면 누구와 나눠 먹을까? 보내드리고 싶은 분들을 생각하는 이 순간이 참으로 행복한 시간이라는 생각이 든다.

"부자 되세요!"란 말이 덕담으로 유행하던 시절이 있었다. 내 나이 쉰여덟, 부자가 되기 전에는 아무 것도 할 수 없다는 생각에서 이제 겨우 벗어난다. 언젠가 연말 모임에서 K군이 내게 "친구야, 재미있게 살아라!"고 하였다. 그는 지금 세무서장으로 근무하는 모범공무원이다.

참 삶은 목표 달성 그 다음에 있는 것이 아니라 그 과정에 있음을, 내가 어리석으니 알지 못한다. 삶은 재미있게 사는 데 있으니 없는 재미도 만들어 가면서 살아야 한다. K는 그걸 나보다 일찍 깨우친 사람이다. 일찍 알면 그 만큼 더 많이 행복해진다. 고구마를 보낼 명단에 그의 이름도 추가한다.

27 | 누가 그대의 이름을 부를 때

누가 그대의 이름을 부를 때
못들은 체 하십니까
누가 그대에게 차 한 잔 않겠느냐고 제의할 때
바쁘다는 핑계를 대며 휑하니 떠나 버립니까
누가 그대에게 슬며시 아카시아 향내 나는 껌이라도 건넬 때
껌 따위는 이가 썩는다며 쓰레기통으로 던져 버립니까
누가 그대에게 묻지도 않은 무언가를 열심히 가르쳐 줄 때
남의 일에 참견하는 싱거운 사람이라고 여깁니까
누가 그대에게 생각지도 못한 어려운 일을 시킬 때
왜 내게만 힘든 일을 시키느냐고 짜증을 내십니까

누가 그대의 이름을 부를 때
그 소리는 그대가 필요하다는 소리입니다

누가 그대에게 차 한 잔 않겠느냐고 제안할 때

그 소리는 그대와 소통하고 싶다는 소리입니다

누가 그대에게 아카시아 향이 나는 껌을 건넬 때

그 소리는 그대를 좋아한다는 소리입니다

누군가가 그대에게 묻지도 않은 것을 가르쳐 줄 때

그 소리는 당신을 무척 아낀다는 소리입니다

누가 그대에게 생각지도 못한 어려운 일을 시킬 때

그 소리는 그대를 단련시켜서 크게 쓰려는 소리입니다

그 소리는 보이는 것만 보고, 들리는 것만 듣고, 제 생각에만 빠져 있는 사람에게 들리지 않는 천사가 부르는 소리입니다.

누가 그대의 이름을 부를 때는 씩씩하고 명랑하게 대답하십시오. 누가 그대에게 차 한 잔을 제안을 할 때는 낙엽 타는 냄새가 나는 커피 향을 정말 좋아한다고 말하세요. 누가 그대에게 아카시아 향이 나는 껌이라도 건넬 때는 싱긋 눈웃음이라도 한번 웃어주세요. 누가 그대에게 묻지도 않은 무언가를 열심히 가르쳐 줄 때는, 아, 이렇게 귀한 지식과 지혜를 주셔서 무어라 감사의 말을 드려야 할지 모르겠다고 말하고, 한발 더 나아가서 이런저런 일들은 어떻게 해야 하는지 보다 더 많은 가르침을 청하세요.

누가 그대에게 생각지도 못한 어려운 일을 시킬 때는, 묵묵히

커피 심부름과 사무실 청소를 하는 그대의 심성을 높이 평가하고 비로소 크게 쓰고자하는 선택의 시간이니 모든 역량을 다 바쳐서 그 일을 이뤄내세요. 그대의 일생 동안 수많은 천사들이 귀한 선물을 주려고 그대의 마음을 노크하지만 그대가 잠들어 있으면 천사는 다른 곳으로 가버리고 만답니다.

천사는 오늘도 자신을 기쁘게 받아 주는 사람을 찾아 우리의 마음 문을 두드리고 있습니다. 천사는 그렇게 무엇이든 주고 싶어 하지만 그의 사랑은 아무나 얻을 수 있는 게 아니랍니다. 작은 것을 크게 여기고, 보잘것없는 것도 귀하게 여기며, 진흙 구덩이에서 연꽃을 피우고, 오물통에 빠져서도 별을 쳐다보는 눈을 가진, 오직 깨어 있는 자, 오랜 세월을 인내하며 귀가 아닌, 마음으로 소리를 들을 줄 아는 소수의 사람들만이 그의 사랑을 받을 수 있답니다.

모두들 깨어 일어나 천사를 맞으세요. 천사가 그대 마음 문 앞에 와서 초인종을 누르거든 기쁘게 뛰어나가 그를 맞으세요. 그리고 그가 주는 선물을 듬뿍 받으시고, 그대도 다른 사람들의 마음 문 앞에서 벨을 누르는 천사가 되세요.

28

사주팔자

사람들은 누구나 자신의 미래를 알고 싶어 합니다. 그래서 새해가 되면 토정비결을 보거나 힘든 일을 당하면 이 고비를 잘 넘길 수 있을까하는 걱정으로 점을 치기도 합니다. 토정비결이나 점을 볼 때는 필히 자신의 사주를 역술인에게 알려줍니다. 사주란 사람의 태어난 생년월일시를 말하는데, 그 사람의 길흉화복이 사주에 그대로 들어 있다고들 합니다. '집 앞의 개똥 논은 팔아먹을 수 있어도 사주팔자는 팔아먹을 수 없다'고까지 합니다. 그렇다고 인간의 운명을 어찌해 볼 수 없는 것이라 한다면 우리의 의지는 무용지물이 됩니다. 정말 운명 앞에서 내 의지가 아무 소용이 없는 것일까요.

우리의 미래는 가보지 않은 무수한 길들로 이어져 있습니다. 우리는 아쉽게도 그 많은 길들 중 오직 하나의 길만 갈 수가 있습니다. 하나를 선택하면 다른 길은 포기해야 합니다. 여러 갈래로 나 있는 길 앞에 서면 어느 길을 선택할지 막막하게 됩니다. 선택의 방법이 사람마다 각양각색입니다. 남의 말을 잘 듣는 사람은 남들이 가자는 데로 따라 갈 것이고, 고집이 센 사람은 남들이 안 가는 길로만 갈 것입니다. 용감한 사람은 스스로 앞장서서 씩씩하게 갈 것이고, 용의주도한 사람은 여기저기 물어보면서 다른 사람들이 어떻게 하는가를 보고서 결정을 할 것입니다. 우리는 그걸 성격이라고 합니다.

삶에는 지구상 인간들의 수보다 더 많은 길이 있습니다. 같은 길을 가는 듯 하지만 그 길속에는 또 다른 길이 존재합니다. 나의 운명은 내 성격이 결정하는 매 순간순간 판단의 결과물입니다. 같은 정보를 주어도 각자의 성격에 따라 해석해 내는 결과가 다르게 나타납니다. 밀가루 반죽이 가는 노즐을 통과하면 가는 국수가, 굵은 노즐을 통과하면 굵은 국수가 나오는 이치와 같습니다. 결국 팔자란 성격이 만들어 낸 선택의 결과물이라 할 것입니다. 때문에 팔자를 바꾸려면 성격부터 바꿔야 합니다.

성격을 바꾸기 위해서는 먼저 자기 밖에서 자기를 관찰해야 합니다. 그런 다음 자신과 인연을 맺고 있는 주변 사람들의 성격과 세상 모든 사물들의 성격과 움직임을 관찰해야 합니다. 태풍이 어디에서 일어나 어디로 불어갈 것인지 예측하려고 인공위성을 띄워서 지구 밖에서 지구를 관찰하듯이 자기 몸 밖으로 나와서 자신을 얽어매고 있는 사물들을 관찰해야 합니다. 길 밖에서 길을 보면 그 수많은 길들의 종착점이 보입니다. 훤히 보이는 그 길들을 보며 나를 행복하게 해줄 길을 선택하시면 됩니다. 자신의 성격노즐이 어떠한지 발견하지 못한 사람은 운명이 씌운 굴레에 갇혀 운명의 노예로 살다 죽을 것입니다.

진정한 역술인은 당신의 성격적인 결함을 깨우쳐주어서 스스로 자신의 운명을 바꿀 수 있도록 해주는 사람입니다. 일이 자꾸 꼬이는 사람은 '도대체 나는 무엇이 잘못 되었는가?'를 지구 밖에서 지구를 살피듯 자신을 살피시길 바랍니다. 운명의 여신에게 농락 당하지 않으려면 필히 그렇게 해야 합니다.

한 가지 사례를 소개합니다. 중국의 대형 가전회사인 하이얼사 이야기 입니다. 처음 세탁기가 공급되었을 때 예상치 못한 일이 일어났습니다. 농촌으로 팔려나간 세탁기가 빈번한 고장을 일으켜 수리기사들의 현장 출장이 잦아졌습니다. 고장 원인은 농민들이 세탁기로 채소를 씻어서 그리 된 것입니다. 다른 경쟁사들은 '무식한 농민들' 탓을 했지만 하이얼사는 다른 생각을 했습니다. '채소도 씻을 수 있는 세탁기'로 개량시켜 출시한 것입니다. 그 결과는 대히트였습니다. 긍정적인 방향으로 기존의 생각을 변화시켜 성공한 하나의 사례입니다. 야사에도 군왕의 사주와 양봉업자의 사주가 같더라는 이야기가 전해져 오고 있습니다. 사주보다는 마음 그릇이 중요하다는 깨우침입니다.

성격은 습관을 만들고, 습관이 운명을 만듭니다. 타고난 근본 성격은 여름은 덥고 겨울은 추울 수밖에 없는 것처럼, 고쳐질 수 있는 게 아닐 것입니다. 그러나 그 특성을 유익하게 활용할 방법은 얼마든지 있습니다. '팔자도 길들이기에 달렸다'는 말이 있지 않습니까. 성격에 끌려가는 삶이 아닌 성격을 이끌고 가는 삶을 살면 우리의 운명도 바뀌게 될 것입니다.

29 | ≪무소유≫를 읽다가

(1)

누가 법정 스님의 ≪무소유≫를 가져왔다. 빌려 주겠다고 하더니 잊지 않고 가져 온 것이다. 감사의 뜻으로 자장면을 대접하였다. 국수를 자장에 비비며 속인들은 처자식을 먹여 살려야 할 책임이 있으니 스님처럼 '무소유'하면 아니 된다는 말을 하였다. 둘의 대화는 자연스레 왜 스님께서 절판하라 하셨는지 그 속뜻이 무엇인가에 모아졌다.

책 ≪무소유≫조차도 소유하지 말라는 것 같기도 하고, 일체의 집착을 버리란 말씀인 것 같기도 하고, 어마어마하게 들어 올 인세 때문에 다툼이 일 것을 염려한 때문인 것 같다는 의견도 있었다. 스님은 "말빚을 다음 생에까지 가져가지 않겠다."고 하셨다한다. 책속에 담긴 가르침이 중생들에게는 깨우침이 될 터인데 빚이라고 하시니 알쏭달쏭한 선문답이다.

아무튼 스님의 책은 스님의 생각과는 달리 인터넷 경매에서 장난이지만 21억 원에 낙찰되기까지 했으니 이제는 귀하디귀한 책이 되어 버렸다. 귀한 책을 내게로 가져온 마음이 나를 귀한 사람으로 여겨준 듯하여 귀하게 읽었다. 귀한 것만 찾는 아둔한 중생인지라 스님께서 절판하라 아니 하셨더라면 아직도 읽지 않았을 것이다.

어릴 때 소나기가 내리면 허드렛물로 쓰려고 처마 아래 빗물을 받는 그릇들을 놓아두었다. 항아리, 양동이, 세숫대야…, 빗물은 그릇 크기만큼 담긴 후 넘쳐서 마당으로 수챗구멍으로 흘러내려갔다. 하늘이 아무리 퍼부어 줘도 각자의 그릇 크기이상은 담지 못하는 것이다. 내 작은 그릇으로 판단한 절판의 이유가 속인들에게 '무소유'의 진정한 가치를 일깨워 주시고자 하신 게 아니었을까 하고 생각하는데, 스님께서 옆에 계시는 듯하여 '스님께서 집착을 버리려고 난분(蘭盆)을 지인에게 들려 보내시면 그 사람은 그날로부터 새로운 집착이 일어날 것이 아닙니까?'하고 장난스런 질문을 하고 싶어졌다.

(2)
시계 도둑 이야기인 <탁상시계 이야기>를 직원들에게 들려주면서 물었다. 훔쳐간 시계를 주인인 스님에게 되판 도둑은 그 후 어떤 사람이 되었을까? 멍청한 스님 덕분에 잡히지 않아서 다행이라고 여기면서 계속 도둑으로 살았겠는가, 아니면 새 사람이 되어 건전한 시민이 되어 있겠는가?

모두다 후자일 것이라고 답한다. 그들의 마음이 아름답기 때문에 아름다운 결말을 기대하는 것이다. 나는 전자일 가능성이 더 높다고 했다. 깨달음이란 사람의 운명을 단번에 바꾸는 능력이 있지만, 깨우침을 얻기가 쉬운 일이 아닌 때문이다. 예수께서도 씨 뿌리는 자의 비유를 들어 "너희가 듣기는 들어도 깨닫지 못할 것이요 보기는 보아도 알지 못하리라"고 하셨다. 얼마나 답답하였으면 이런 말씀까지 하셨을까. 옳은 가르침이라도 제 마음에 거슬리면 귀를 막고 배척하며 온갖 핑계와 변명으로 둘러대는 것이 우리의 모습이 아닌가. '네까짓 게 뭔데 나를 가르치려 드느냐?'고 힐난까지 하면서…. '마음 밭이 기름진 옥토라야 씨앗을 잘 자라게 하여 열매를 얻을 것인데, 돌밭을 옥토로 만드는 일이 어디 그리 쉽겠는가?

(3)

<미리 쓰는 유서>라는 글에서 스님은 "혹시 평생에 즐겨 읽던

책이 내 머리맡에 몇 권 남는다면, 아침저녁으로 '신문이오' 하고 나를 찾아주는 그 꼬마에게 주고 싶다"고 썼다. 그 말빚을 지키려고 유언장에까지 쓰시고는 실제로 <어린 왕자> <정지용 시집> 등 십여 권의 책을 남기셨다. 스승의 유언을 충실히 지키려고 제자들은 40여 년 전 당시의 신문 배달한 꼬마를 찾고자 언론에 알렸고, 그 결과 스님께 신문을 배달했다는 사람이 네 명이나 등장했다고 한다. 그들 중 누가 스님께서 말씀하신 소년일까?

내가 스님의 제자라면 나는 이들 네 명에게 '신문이오!'란 소리를 질러보라고 할 것이다. 스님께서 들은 목소리는 틀림없이 씩씩한 목소리였을 것이다. 힘차게 달려와 어둠을 깨우는 소리가 다 죽어가는 소리는 아니었을 것이다. 그 목소리는 새벽별처럼 빛나는 영롱한 소리였을 것이다. 태어난 환경 따위가 자신을 묶어두지 못한다는 것을 세상에 알리는 소리가 탁한 소리를 낼 리 없는 것이다. 소년에 대해서 스님께서 설명하신 바가 없고 남겨진 단서는 "신문이오!"하는 목소리뿐이기에 이리 생각해 본 것이다.

소년이 살아 있다면 이미 중년을 넘긴 나이일 테니 어느 누구도 '그때의 그 꼬마'가 아니지 않겠는가. ≪무소유≫를 곁에 두고서도 무소유를 모르는 제자들과 자신이 그때 그 소년이라고 주장하는 사람들을 보면서 스님께서는 무어라고 하실까. 스님께서 말씀하신 소년이란 가난해도 비굴하지 않고, 고난 중에서도 별을 바라보며 씩씩하게 살아가는 이 땅의 모든 젊은이들이 아니겠는가.

청년들이여!

맑은 영혼을 가지고 꿈을 꾸라.

30 홀로 서 있는 나무는 없다

인생은 만남이다. 만남이 끝나면 인생도 끝이 난다.

학창시절 어느 선생님으로부터 들은 이야기다. 사람이 오복을 누리려면 부모, 스승, 친구, 배우자, 자식, 이 다섯 사람을 잘 만나야 한다고 하셨다. 사람은 태어나면서 부모를 만나고, 자라면서 스승을 만나고 친구를 만나고, 장성하여 배우자를 만나고, 마지막에 자식을 만난다. 자식을 다 키우고 떠나면 한 생이 마감된다. 선생님이 생각하시는 오복이란 부모 복, 스승 복, 친구 복, 배우자 복, 자식 복이란 말씀이다. 그때의 선생님보다 더 많은 나이를 살고 보니 그 말씀이 새삼스럽다.

사람은 모두 부모의 몸을 빌려서 이 땅에 오니 초년의 복은 부모의 형편에 따라서 결정된다. 그러나 세상의 어느 부모가 제 자식의 불행을 빌겠는가. 비록 처지가 곤궁하더라도 자식이 부모를 원망함은 스스로가 못난 탓이다. 부모로부터 받을 수 없는 더 많은 부분은 스승이 채워준다. 삶의 기술뿐만 아니라 삶의 지혜를 가르쳐 준다. 영혼을 일깨워 준다. 훌륭한 스승을 만나면 운명이 바뀐다. 친구는 동 시대에 태어나 동 시대를 함께 살아간다. 같은 고민을 지고 같은 시간대를 걸어간다. 인생에서 가장 오랜 시간을 동행한다. 부모나 배우자에게도 하지 못하는 이야기를 친구에게는 다 털어놓는다. 친구는 내 삶을 지켜주는 든든한 울타리다. 생에서 좋은 친구를 만나면 삶이 정말 행복해진다.

배우자는 자식을 낳아 같이 기르며 일생을 동거한다. 배우자가 건강이 나쁘다거나 일찍 사별하면 내 운명도 함께 무너진다. 친구보다 더 많은 시간을 함께 보내는 존재이니 친구보다 소중하다. 좋은 배우자를 만나야 하고 아껴주어야 한다.

마지막이 자식이다. 자식은 나의 열매다. 젊은 날의 고생은 열매로 보상을 받는다. 열매가 충실하면 농부는 기쁘다. 자식이 건강하게 잘 자라주고 제 앞길을 잘 닦아 나가면 늘그막에 걱정이 없다.

세상 사람들은 부귀공명과 장수를 누리다 죽는 것을 오복이라 생각하는데, 선생님은 전혀 다른 개념의 오복을 일러 주셨다. 나는 이 말씀을 지금까지 소중하게 간직해 오고 있다. 나는 양친부모가 생존해 계신다. 건강이 좋지 않으시지만 나를 진심으로 걱정해주는 부모님이 계신다는 것은 더 없는 다행이다. 부모가 없다면 누가 나를 진심으로 걱정해 주고 축하해 줄 것인가.

나는 훌륭한 선생님을 만나 인격을 도야했고 내 정신의 토대를 닦았다. 지금도 만나 뵙는 스승이 계신다. 만날 때마다 내게 무언가를 깨우쳐 주려고 애를 쓰신다. 누가 있어 어른이 된 나를 가르치겠는가. 선생님을 뵈면 지금도 즐겁다.

나는 대건중·고등학교를 6년이나 다녔다. 대건의 동산에서 사귄 좋은 친구들이 많이 있다. 다수의 선후배들과도 교류하고 있다. 중요한 때에 그들로부터 많은 도움을 받았다. 친구, 동문, 선후배는 인생에서 가장 큰 재산이고 힘이다. 나는 젊은 시절 내 잘난 멋으로 살기도 하였지만 중심을 굳게 지켜준 아내가 있어 가정이 무사하고 아이들도 잘 자라고 있다. 그러고 보니 오늘의 내가 있음은 나로 인해 된 것은 하나도 없고, 모두가 주변 분들의 음덕으로 된 것이다. 그 모든 만남들이 그저 감사할 따름이다.

싱그러운 오월이 지나고 짙푸른 유월이다. 숲에 들어가면 모든 나무들이 저 홀로 서 있는 듯 보인다. 세상에 홀로 선 나무가 어디에 있던가. 우정은 우정을 의지하고 사랑은 사랑을 의지한다. 좋은 아들, 좋은 제자, 좋은 친구, 좋은 남편, 좋은 아버지… . 좋은 만남을 이루려면 내가 먼저 좋은 사람이 되는 길 뿐이다. 나무가 숲을 이루니 산이 더욱 푸르듯이, 인간의 오복 또한 그렇게 이루어지는 것이다.

31 | 어느 전쟁베이비의 독백

수평선 너머에서 파도가 밀려온다. 더 이상 갈 곳이 없을 때 파도는 바위와 부딪히며 산산이 부서진다. 그리고는 뒤로 물러난다. 모래알들이 쓸려 내려가고 물결은 제 왔다간 흔적을 모래톱에 남긴다. 그 위로 또 새로운 파도가 밀려온다. 새로운 파도는 앞 물결의 흔적을 지운 다음 다시 제 흔적을 남기고는 바다로 소멸한다. 그 무의미한 일들을 언제까지 반복할 것인지는 바다 그 자신도 모른다. 구암 윤영전 선생께서 자전 에세이집 ≪평화, 그 아름다운 말≫을 보내 왔다. 책을 읽으면서 함석헌 님의 ≪뜻으로 본 한국역사≫를 생각했다.

'삼국시대 이후 우리 역사에서 전쟁이 일어난 횟수가 일백 번을 헤아린다. 이민족의 침략만 5, 60회가 되고, 그중 전국에 걸친 전쟁은 30회에 달한다. 이로 인해 밑바닥 백성들이 당한 수탈과

굶주림과 짓밟힘은 이루 말할 수가 없다.' '쓰다가 말고 붓을 놓고 눈물을 닦지 않으면 안 되는 이 역사, 눈물을 닦으면서도 또 쓰지 않으면 안 되는 이 역사, 써 놓고 나면 찢어버리고 싶어 못 견디는 이 역사, 찢었다가 그래도 또 모아대고 쓰지 않으면 아니 되는 이 역사, 이것이 역사냐? 나라냐?'

　그 슬픈 역사를 우리들은 근현대사에서도 되풀이했다. 태평양 전쟁, 6·26사변, 베트남 전쟁이 우리를 할퀴고 지나갔다. 구암은 한국전쟁과 베트남전쟁을 직접 체험하신 분이다. 생에 한 번도 아닌 두 번의 전쟁을 겪었으니 그 한이 남다를 것이다. 그는 ≪평화, 그 아름다운 말≫에서 직접 체험한 전쟁의 아픔을 승화시켜서 평화를 외치는 목소리로 토해놓고 있다.

　'평화는 범용한 사람들에게만 필요한 것이고, 영웅에게는 전쟁이 필요하다.'

　전쟁은 인간이 자기 생각을 상대방에게 주입시키려고 일으키는 무자비한 폭력이다. 자신도 알지 못하는 설익은 생각을 금강산 벼랑바위에다 제 이름을 새기듯이 민중의 가슴에다 새기려는 행위이다. 나는 운 좋게도 이런 전쟁들이 지나간 후에 태어났다. 세상 사람들은 나를 베이비붐 세대라 부른다. 1955년생인 나는 베이비붐의 선두 세대다. 호롱불을 켜며 살다가 원자력, 풍력, 태양력 발전까지 인류의 모든 문명을 총체적으로 경험한 유일한 세대다. 한글도 터득하지 못한 문맹의 시대에서 초고속 인터넷 시대까지 경험하고 있다. 이렇게 인류의 모든 문명을 경험한 세대는 앞으로는 영원히 없을 것이다.

우리는 부모 세대가 경험한 전쟁의 비극에서 한 발짝 떨어져서 그 치마 끝을 쥐고 살아왔다. 폐허 위에서 재건하며 경제개발에 온몸을 던지고는 정신없이 앞만 보고 뛰어왔다. 그 이면에는 구체제가 무너지고 새로운 체제가 태동하는 것을 보면서 오직 자식 하나만을 희망으로 하여 살 수밖에 없었던 부모세대에 대한 채무 같은 게 있었다. 그래서 우리는 출세해서 돌아오마고 다짐에 다짐을 하며 남부여대 고향을 떠났다.

그 당시 유행가도 김용만 씨가 부른 '회전의자' 가 대 히트였다. 그렇게 떠난 고향을 빈손으로 돌아 갈 수가 없었다. 다시 돌아가는 고향은 반드시 금의환향이라야만 했다. 객지에서의 삶을 누구의 눈치도 보지 않고 전쟁하듯이 살았고, 성공을 위해서라면 육체는 물론 영혼까지 팔았다. 큰 것을 원했고 더 많은 것을 바랐고, 더 높은 감투를 쓰고자 했다. 그렇다고 우리 세대가 오로지 돈과 출세만을 향해 치달린 무지막지한 세대는 아니었다.

우리 세대가 그리한 것은 나를 위한 것이 아니라 오직 나 하나만을 믿고 기다리는 늙은 부모와 가난을 버티며 견뎌 주는 형제들을 위해서였다. 새롭게 다가오는 세상을 먼저 선점해야 뒤 처지지 않는다는 강박관념 같은 것도 있었다. 그것이 우리로 하여금 전쟁보다 더 피비린내 나는 경제전쟁을 계속 수행하게 만들었다. 조직은 일사불란한 명령체계를 원했고, 그 속에 든 우리는 제복을 입은 군인들처럼 조직을 위하는 것이 나를 위하는 길이라 여기고 충성을 다했다. 이십대에 집을 나와 오십대 중반이 넘도록 일만 했다. 피난민의 삶처럼 모든 것을 견디며 모든 것을 참으며 살았지만, 이제 와서 돌아보니 이뤄놓은 것이라곤 아파트 한 채가 고작이니 금의환향은 언감생심이 되고 말았다. 그나마 고향에는 반겨줄 피붙이조차도 없다. 모두가 전쟁터로 내몰려 고향을 버린 탓이다. 개발로 사라져 버린 마을은 돌아갈 꿈조차도 꿀 수가 없다.

지치고 병든 우리의 영혼을 누가 받아 줄 것인가? 평화를 잃은 세대는 부모 세대만이 아니다. 우리들의 영혼도 전쟁 아닌 전쟁으로 깊은 병이 들었다. 우리에겐 지금 어느 세대보다도 평화가 필요하다. 퇴역하고 한가하게 쉬어야 할 나이가 되었음에도 새로운 일자리를 찾고 있다. 조직에서 버려지면 미아가 된다는 것을 경제전쟁을 수행한 세대로서 너무 잘 아는 탓이다.

내일 모래가 추석이다. 언론에서는 '고향 앞으로'의 귀성전쟁이 시작되었다고 연일 톱뉴스다. 전쟁베이비들의 대이동인 게다. 우리의 움직임에는 늘 전쟁이란 수식어가 따라다닌다. 초등학교 때는 학교가 모자라서 오전 오후반이 있었고, 군대 갈 때쯤엔 현역 군인이 넘쳐나서 보충역이 있었다. 대학도 모자랐고 선생도 모자랐고 아파트도 모자랐다. 그 모자람 속에서 서로 먼저 차지하려고 우리는 우리들끼리 보이지 않는 전쟁을 치렀다.

우리가 죽을 때쯤에는 '이제 드디어 죽음을 향한 전쟁이 시작되었다'는 기사가 실릴지도 모르겠다. 나는 이제 그들이 그들의 고향에서 돌아오지 말기를 권한다. 고향에는 그들이 버리고 떠난 산들이 있고, 시냇물이 있고, 별들이 코스모스가 그리고 산들바람이 있다. 우리 모두가 고향 앞으로 원 위치하여 다시 돌아가지 않는다면 도시는 빌 것이고, 그 빈 공간을 새로운 기회를 맞은 젊은 세대들이 행복으로 채울 것이다.

은퇴하고 영일만 고향 바닷가에 동생과 더불어 작은 횟집을 차린 친구의 식당을 찾은 길이다. 그는 포항제철에 입사하여 제철과 관련된 일을 한평생 했다. 맨발로 바닷가를 걸었다. 모래톱의 촉감이 아기 피부처럼 보드랍다. 내 발자국이 내 뒤를 따라오고 있다.

바다가 이제는 조용해졌다. 영웅들이 다들 잠들어버렸는가? 아니면 비로소 자신들이 영웅이 아님을 알았는가? 물결이 잠든 바다 위로 멀리 포항제철소의 불빛이 어른거린다. 그 위에 내 마음도 겹쳐져 함께 어른거린다.

135

32 취업에 실패한 아이에게 주는 편지

가을비가 내린다. 학교 졸업 후 원서 내는 곳마다 실패하니 네 마음도 저 비처럼 착잡하겠다는 생각이 들어 몇 자 적는다. 너무 실망하지 마라. 떨어져 보지 않으면 떨어진 자의 심정을 어찌 이해하겠는가. 하는 일마다 성공을 거둔 사람은 실패에 대한 면역이 생기지 않기 때문에 작은 시련에도 쉬 무너지고 만다. 지금은 전부인 듯 여겨지는 것도 지나고 보면 다 하나의 과정일 뿐이다.

사람의 수명을 84세로 잡고 일생을 한해로 축소시켜보면 인생이 훤히 보인다. 한 달은 인생에서 7년의 세월에 해당한다. 네 나이 이제 겨우 4월이다. 네 나이 때는 모두가 대기업에 입사하여 높은 연봉을 받는 것을 성공이라 여기는데, 그건 허상이다. 모두가 선망하는 대기업에 한해에 2, 3백 명 정도 입사한다. 3년 정도 지나면 적응하지 못한 입사동기생들이 절반 정도 탈락한다. 5년쯤 지나 과장으로 승진할 때가 되면 승진에 뒤처진 동기들이 열등감 때문에 또 절반 정도 탈락한다. 사십대에 들면 만년 부장 소리 듣기 싫으니 거기서 또 절반이 준다. 요령이 좋아 살아남는다 하더라도 퇴직할 때까지 성과주의에 시달리며 눈치를 보며 살아야 한다. 대기업 취직, 그거 별거 아니다.

사람들은 모두 부자가 되기를 꿈꾼다. 그러면서도 부자가 되는 길로 가지 않고, 조직의 위세를 빌어 자신보다 약한 사람들에게 세도를 휘두르며 자기를 과시하는 길로만 간다. 모두들 참 마음을 숨기고 거짓되게 사는 때문이다. 부자란 돈이 많은 사람이라기보다 환경에 휘둘리지 않는 자립한 인간이란 표현이 가장 정확할 것이다. 사람이 돈을 많이 벌기 원하는 참 이유는 자유로운 삶을 소망하기 때문이다. 수도승이 아닐진대 경제적 궁핍을 당해서는 결코 영과 육이 자유로울 수 없는 것이다. 자유인이 되길 원한다면 신데렐라가 되려 하지 말고 사장이 되려는 꿈을 꾸어야 한다. 모든 문제는 상대방 입장에서 관찰해야 풀어갈 길이 보인다.

기업은 그 목표가 이윤을 창출하는 것이다. 사장은 시간과 재화와 사람을 이익을 창출하는 수단으로 바라본다. 그것이 눈에 띄지 않는 것은 표면적으로는 그렇지 않은 체 하는 때문이다. 부자가 되고 싶다면 부자들은 어떻게 생각하고 어떻게 행동하는가? 사장은 사물을 어떤 시각으로 바라보고 무슨 생각을 하며 어떤 결정을 내리는가를 살펴 늘 사장 입장에서 생각하고 행동해야 한다. 이런 훈련을 오랫동안 쌓은 사람만이 사장이 될 수 있다. 대기업의 상무, 전무를 지낸 사람조차 퇴직하면 할 일이 없어지는 이유가 평소 그런 자기 훈련을 소홀히 한 탓이다. 남들이 선망하는 직장에 입사하면 으쓱한 기분이 들고 자랑스럽게 생각될 수도 있다. 그러나 그건 잠시일 뿐이다. 그는 단지 월급을 받아 사는 봉급쟁이 이상이 아니다. 직장 생활 하더라도 늘 사장을 꿈꾸고 사장이 될 수 있는 길을 모색해야 부자가 될 수 있다.

명청한 사람은 사장이 돈을 쓰는 것만 보고 쓰는 일부터 배운다. 사장이 돈을 잘 쓰는 것은 맞지만 결코 허투루 쓰지 않는다. 사장은 자신에게 주어진 모든 것을 자산으로 본다. 그래서 시간과 사람을 소중하게 관리하고, 언젠가 한번은 내 부탁을 들어 줄 사람으로 평소에 관계를 돈독히 해 놓는다. 취직 되더라도 사장 공부를 계속해나가야 한다. 전화 한 통화로 한번쯤은 네 부탁을 들어줄 사람을 한 천 명 정도는 사귀고, 골프도 배우고…. 맛있는 포도를 따먹을 능력이 없는 여우는 늘 포도는 시다고 말한다. 잘 익은 포도는 여우의 말과는 상관없이 달콤하다. 그것이 참이다. 세상을 속이려면 먼저 자기 자신부터 속여야 한다. 자신을 속이면 여우처럼 부정적인 인간이 된다. 무슨 일을 하던지 사물을 긍정적으로 보고 스스로 바로 서는 자립인이 되길 바란다. 자립인만이 자유인이 될 수가 있다.

자기소개서를 쓸 때는 늘 사장 입장에서 써야 한다. 먼저 줄 수 있는 것을 말하고, 네 받을 것은 나중에 해야 한다. 내가 사장이라면 인물도 학벌도 배경도 시원찮지만, 내게 10억 원을 벌어줄 능력이 있으면서 자기는 1억 원만 받겠다는 사람이 있다면 그 사람을 바로 채용 할 것이다. 많이 받기를 원하면, 많이 줄 것이 있어야 한다. 이것도 참이다. 사람은 자기가 가진 것으로 남을 도울 수 있다. 스스로 가진 것이 없다고 생각하는 사람은 결코 성공하지 못한다. 모든 신입사원은 경력이 없다. 뭘 모르는 게 당연하다. 사장은 다만 그들의 자질을 볼 뿐이다. 기본기는 갖추었는가? 키워 놓으면 회사에 도움이 되겠는가? 회사를 배신하고 떠날 사람은 아닌가? 이런 것들이 선발의 핵심 기준이 된다. 신입사원을 육성시키는 데도 엄청 많은 돈이 든다. 처음 입사하면 일 년 정도는 제 앞가림도 못하는 게 신입사원이다. 사장 입장에서는 월급이 아깝다. 많은 비용을 들여 가르쳐 놓으면 얼마 안 가서 대부분이 그만둔다. 회사는 사람 뽑는 일에 시간과 비용을 계속 쏟아 부어야 한다. 그걸 피해 보고자 경력직을 선호하기도 한다.

부자와 가난뱅이의 가장 큰 차이점은, 부자는 무엇이든 자진해서 배우고 남들과 적극 소통해 나가고자 애쓰는 반면, 가난뱅이는 가르쳐 주는 것도 자존심 때문에 냉소하고, 애써 소통하러 온 사람에게까지 마음 문을 닫아걸고 거부해 버린다는 것이다. 네가 사장이 되었을 때 이런 직원들이 보인다면 바로 그 자리에서 사표를 받아야 한다. 그렇다고 지금 당장 사장이 되겠다고 나서지는 마라.

회사는 장학금을 받아가며 사장학을 배우는 곳이니 중소기업이든 대기업이든 취직을 해서 한 십년간은 사장 수업을 받아야 한다. 삶에서 실수를 저지르면 그 실수는 전부 돈으로 메워야 한다는 사실을 한시라도 잊지 말기를 바란다. 세상에는 모습을 드러내지 않는 진정한 부자들이 참으로 많이 있다. 진정한 부자는 물건을 팔아달라고, 도와달라고 매달리는 앵벌이가 아니다. 그들은 상대방에게 확실한 이익을 주면서 자기 이익을 구하는 ableman 이다. 그들로부터 당당하게 살아가는 삶의 지혜를 배워야 한다.

끝으로, 삶은 마침표가 아니라 늘 진행형인 살음이기에 삶이라 한다. 돈은 그 살음을 윤택하게 하는 하나의 수단일 뿐이지 결코 목표가 아니다. 돈에 끌려 다니는 사람처럼 추한 사람은 없다. 돈을 지배하지 못하면 평생 돈의 노예로 살게 된다. 이 말은 진리다. 진리의 편에 서야 참 성공을 거두게 된다. 아빠가 바라는 진정한 소망은 모두가 자립인이 되어서 자유인으로 사는 데 있다.

2010. 10. 1.　네가 자유인으로 살기를 바라는 아빠가

33 | 웃음

베푸는 문제를 말하면 모두들 돈부터 생각합니다. 가진 것도 없는데 어떻게 베푼다는 말인가 하고 여깁니다. 맞는 말입니다. 가진 게 없는 사람이 그나마 조금 지니고 있는 것을 남에게 주고 나면 빈털터리가 됩니다. 빈손이 된 자기 모습을 보며 좋아하는 사람은 바보이거나 성직자일 것입니다.

우리에게는 빈털터리가 되지 않으면서도 줄 수 있는 게 있습니다. 주고도 기뻐지는 것이 있습니다. 그건 웃음입니다. 웃음은 얼굴에 핀 꽃입니다. 꽃을 싫어하는 사람이 있겠습니까. 꽃이 피면 모두들 그 아름다움에 넋을 잃고 꽃 속으로 들어가서 향기도 맡아 보고 사진도 찍고 하며 까르르 웃게 됩니다. 웃음은 내가 기뻐서 웃는 것이지만 상대방에게도 똑같은 기쁨을 줍니다.

성공을 과시하려고 목에 힘을 주는 사람들을 더러 봅니다. 인정받고 싶은 보상심리 때문입니다. 나는 그런 사람들을 보면 어린아이에게 억지로 존경을 받으려고 눈을 부라리는 사람처럼 보여 웃음을 참을 수가 없습니다. 지금은 만인 평등의 시대입니다. 근엄한 사람보다 남에게 웃음을 주는 사람이 더 존경을 받는 시대입니다. 엄숙한 사람보다 유머러스하고 여유가 넘치는 사람을 더 좋아하는 시대입니다.

이런 시대에는 남과 잘 어울리고 친절하며 어떠한 환경에서도 미소를 잃지 않는 젠틀한 사람이 인기를 끌게 됩니다. 자신을 돋보이게 하려고 남을 무시하며 별 것 아닌 일에도 권위를 내세우는 사람은 매캐한 매연을 뿜어내며 달리는 고물버스와 다름이 없다 할 것입니다.

나무에 꽃이 있어 아름답듯이, 사람의 얼굴에 웃음이 있어 아름답습니다. 존경받기를 원하시면 웃으십시오. 웃음을 주면 웃음이 돌아오고, 짜증을 주면 짜증이 돌아옵니다. 달리는 버스가 당신 얼굴에 검은 매연을 뿜어댄다면 당신은 틀림없이 그 버스기사를 욕할 것입니다. 이는 만고의 진리입니다. 복의 근원은 사람입니다. 웃는 사람에게는 저절로 많은 사람들이 따르고 그 사람들이 복을 가져다줍니다. 모두들 웃으세요. 웃으면 호박이 넝쿨째로 굴러들어 옵니다. 남에게 줄 것이 없는 사람은 받을 것도 없게 됩니다.

34

황진이를 회고하며

　조선시대에 문장은 양반의 전유물이었다. 그들은 반상의 차별과 남존여비의 사회를 수호하면서 체제의 보호를 받았고, 또 그들만의 특권을 누렸다. 권력과 금력을 쥐고 있었고, 여가를 보내는 방법으로 기방이나 심산유곡을 찾아다니며 시문을 짓고 음풍농월을 즐겼다. 그걸 풍류라고 여기고 선비가 풍류를 아는 것은 시문을 공부한 자로서의 멋이라고 여겼다. 여기에 반기를 들고 그들만의 세상을, 그들이 숭상하는 문장으로 희롱한 여인이 있었으니 바로 황진이다.

　세종의 증손자인 벽계수(이종숙)가 황진이 만나기를 소원하였다. 시문에 뛰어난 이달(李達)이 말하기를 "풍류를 모르면 황진이를 만나기 어려우니 아이에게 거문고를 들려 뒤따르게 하고 그녀가 머무는 기방 근처 루(樓)에 올라 술을 마시며 거문고를 타면 반드시 그대를 찾을 것이니 그때 짐짓 못 본 체하고 나귀를 타고 떠나면 뒤를 따라올 것이다. 취적교(吹笛橋)를 지날 때까지만 모른 체하면 일은 성공한 것이나 진배없다."고 일러주었다. 이달은 풍류란 별게 아니고 인간의 욕망을 고급스럽게 포장하는 너울 정도로 여긴 것이다. 벽계수가 이달의 말을 따라 그대로 하니 정말 황진이가 그의 뒤를 따라왔다. 쾌재를 부르던 중에 취적교에 이르렀는데 뒤에서 청아한 목소리가 들려왔다.

청산리 벽계수(靑山裏 碧溪水)야 수이 감을 자랑 마라
일도창해(一到蒼海)하면 돌아오기 어려우니
명월(明月)이 만공산(滿空山)하니 쉬어간들 어떠리

노래 소리에 홀린 벽계수가 자기도 모르게 고개를 돌리다 중심을 잃고 그만 나귀에서 떨어져 버렸다. 황진이가 웃으며 "이 사람은 명사가 아니라 단지 바람둥이일 뿐이다."라며 가버렸다. 당시 벽계수는 매우 당황했다고 하는데 그 이름이 오늘날까지 문방에 올랐으니 참으로 부끄러운 일이 아닐 수 없다.

문혼(文魂)이 활짝 열린 황진이 눈에는 양반이랍시고 세상의 허명이나 들먹거리며 자신의 꽁무니를 따라다니는 남자들이 한심하게 보였다. 그들을 떨쳐버리고자 마음을 먹고 경천동지할 일을 꾸몄는데, 당대에 자신과 문심을 주고받을 만한 이로는 지족선사와 화담 서경덕뿐이라고 판단하고, 그들의 영적 수준을 시험한 사건이다. 그 결과 지족선사는 미달이었고 서경덕은 보름달이었다. 황진이는 평생을 화담을 존경했고 그 후로는 세상의 남자들과 문장을 희롱하지 않았다.

유안진의 '지란지교를 꿈꾸며'란 수필이 있다. 그 글의 숨은 내용은 영적인 레벨, 곧 깨우침의 수준이 맞는 문우가 없다는 소리다. 구름 위를 나는 새와 심해를 노니는 고기에게 벗이 있을 리 만무한 것이다. '김치 냄새 좀 나더라도 흉보지 않을 친구'는 흔하디흔하지만 그건 작가의 진심이 아니다. 겉에 보이는 것으로서 내 깊은 영혼의 세계를 천하다 흠 잡지 않을 자유로운 영혼을 소유한 자를 말하는 것이다. 봉(鳳)이 우는 것은 참새를 부르는 게 아닌데도 황진이의 뜰에는 참새들만 짹짹거렸다는 생각이 든다. 술잔을 희롱하는 선비는 많아도 지음(知音)은 만나기 쉽지 않다.

내 언제 無信하여 님을 언제 속였관대
月枕三更에 올 뜻이 전혀 없네
秋風에 지는 닙 소리야 낸들 어이 하리오

세상 남자들을 얼마나 많이 속였던지 황진이 스스로 내가 언제 無信했더냐고 되묻고 있다. 시대의 반항아이자 자유로운 영혼의 소유자였던 그녀를 후세의 내가 이렇게 그릴 줄이야 몰랐겠지만, 월침삼경에 오지 않는 누굴 기다리는 것을 보면 지음(知音)이란 참 마음으로 대하는 사람이란 것을 그녀도 알았던 것이다. 참 마음보다 더 아름다운 것이 인간사에 어디 있던가?

35

그놈의 진짜이름

그놈은 제대 말년이었다. 하루 세끼 식사도, 세숫물도 이등병들이 내무반까지 가져다 바쳤다. 양말이며 팬티, 모든 빨래를 이등병들이 대신했고, 부대의 작업과 훈련은 늘 열외였다. 사제담배를 피우며 사제양말을 신고 슬리퍼를 질질 끌며 내무반을 어슬렁거렸다. 신병들을 데리고 놀다가도 그들이 자기에게 편하게 대하면 "대통령이 비행기 탄다고 너도 비행기 타냐"면서 군기가 빠졌다고 기합(얼차려)이나 주는 것이 놈의 일과였다. 그놈은 내무반의 황제였다. 아무도 간섭하지 않았고 선임하사나 인사계조차 모른 체하고 있었다. 그건 3년을 전방에서 고생한 말년만이 갖는 특혜였고, 아주 오래 전부터 관행으로 세습되고 있었다.

나는 하사관학교를 졸업한 후 병장 계급장을 달고 놈이 어슬렁대는 12중대 1소대로 배치 받았다. 세칭 '물병장'이었다. 말년이 갖는 특혜를 누리지 못하는 계급만 병장이란 뜻이었다. 군용 백을

메고 중대에 도착하니 상병 계급장을 단 돼지처럼 생긴 행정병이 나를 맞았다.

"따블백(군용백) 거기 내려놓고 이리 와봐!"

첫 인사가 반말이었다. 나는 오기가 발동했다. 녀석의 말을 귓전으로 흘려버리고 중대장이 올 때까지 의자에 앉아 있었다. 무시당했다고 여긴 녀석이 허리춤에 두 손을 올리고 삐딱하게 서더니만 자기를 중대장으로 알고 전입신고를 한번 해보라고 하였다. 처음부터 내 기를 꺾어 놓으려는 심산이었다. 군대 전입신고는 차렷 자세로 서서 힘차게 경례를 붙이며 "충성! 신고합니다. 병장 홍길동은 00년 0월 0일부로 사단 보충대에서 제 0연대 0대대 12중대로 전입을 명받았습니다. 이에 신고합니다. 충성!" 대충 이런 것이었다.

상급자가 하급자에게 전입신고를 하면 그 하급자가 제대할 때까지 '님'자를 붙이게 되는 언어의 함정에 빠지게 된다는 것을 나는 알고 있었다. 연습은 필요 없고 중대장이 오면 신고하겠다며 버텼다. 녀석이 다가오더니 건방지다며 주먹을 날렸다. 이미 예견했던 터라 몸을 피하며 연병장으로 뛰쳐나왔다. 모두가 보는 앞에서, 그래도 계급이 위인 내게 발길질을 하지 못할 것이란 생각이 들었기 때문이다. 제 분을 못이긴 녀석이 멧돼지처럼 씩씩댔지만 연병장까지 따라 나오지는 않았다. 나는 1분대 사수로 배치를 받았다. 선임 분대장이 6개월 후 전역 예정이라 내가 후임 분대장직을 맡아야했다.

그놈은 '막사감시'로 남아 빼치카 옆에서 일등병 하나를 붙들고 장기를 두고 있었다. 나를 보더니 심심풀이 장난감이 하나 왔다는 듯 이죽이죽 웃으면서 첫 마디가 "너, 이리 와서 신고 한번 해봐라."였다. 중대 본부에서 있었던 사건을 아는 듯했다. 아니꼽다는 눈초리를 보내고 있는 그와 더 있어봐야 싸울게 뻔 하여 연병장으로 나왔다. '물병장' 신세의 내 군생활은 텃세를 부리는 고참들과 그렇게 어렵게 시작되었다. 내게서 신고를 받지 못한 놈은 틈만 나면 시비를 걸었다. 자다가 한밤중에 병사들을 불러내어 '줄빠따'를 치고는 "군대는 '짠밥'이지 계급이 아니다. 분대장 말을 고분고분 들으면 군 생활이 고달파진다"며 항명 교육을 시켰다.

이등병 일등병들은 분대장 눈치를 보랴, 고참 눈치를 보랴 정신을 못 차렸다. 고참들이 그런 교육을 시키는 것은 졸병들이 분대장에게 대들어야 분대장과 병들 사이에서 자신들의 입지가 서기 때문이었다. 병들을 통솔해야 하는 분대장은 결국 고참들과 협상하게 되고, 그들의 특권을 묵인해 주었다. 세상의 모든 야합은 그렇게 이루어지는 것이었다.

어느 날 한밤중에 불침번을 서던 김 일병이 나를 깨웠다. 탄(석탄)창고 뒤로 가보라고 하였다. 자다가 일어나 바지를 대충 걸치고 부대 뒤에 있는 탄 창고 쪽으로 갔다. 러닝셔츠 속으로 들어오는 한여름의 바람이 시원하다고 느끼는 순간 어둠 속에서 주먹이 날아왔다. 순식간에 나는 옥수수 밭으로 나동그라졌다. 그 짧은 순간에 시골초등학교로 전학 갔던 날이 떠올랐다. 도회지에서 전학 온 내가 얼마나 힘이 센지 궁금했던 시골 아이들은 나를 자주 집적거렸다. 그들과 맞서지 않으려고 조심하고 있었는데 내 짝 녀석이 책을 가져가 돌려주질 않았다. 책이 이 녀석 저 녀석 손으로 하늘을 날아다녔다. 간신히 책을 빼앗아 자리에 앉는데 내 팔꿈치가 삼팔선(책상 위에 그은 금)을 넘어 왔다고 녀석이 나를 밀쳤다. 순간 나도 녀석을 밀치면서 둘은 교실 바닥을 나뒹굴었다. 녀석이 나를 깔고 올라타고 있었다. '일어나야 한다. 이 녀석을 밀치고 일어나야 한다. 그래야 아이들이 나를 얕보지 못한다.' 코피가 흐르고 있는데 아무리 애를 써도 일어날 수가 없었다. 폭력에 짓눌려버린 내 영혼이 방관자들의 조소에 둘러싸여 깊이를 모르는 늪으로 가라앉고 있는데, 수업 시작을 알리는 종소리가 들려왔다.

강원도 산골의 밤하늘에는 수많은 별들이 반짝이고 있었고, 옥수숫대들이 나를 빙 둘러 서서 아이들처럼 구경을 하고 있었다. 나는 용수철이 튕기듯 벌떡 일어났다. 둘이 엎치락뒤치락 뒹굴었다. 말리는 사람 하나 없으니 애꿎은 옥수숫대만 부러져 나가고 있었다. 한참을 씩씩대고 나니 놈이 그만하자고 했다. 자신이 생각해도 제 꼴이 한심했던 모양이었다. 앉으라고 하면서 담배 한 개비를 주었다. 사제 담배였다. 전방에서 고생하는 병사들을 괴롭히지 말라고 충고를 하였다. 누가 누구를 괴롭혔는지 이해가 되질 않았다.

나는 그에게 제안을 하였다. "당신이 제대하는 날까지 무슨 짓을 하든지 간섭하지 않겠다. 그러니 당신도 내가 하는 일에 간섭을 하지마라. 당신은 곧 제대하지만 나와 병사들은 당신보다 더 많은 세월을 함께 군에서 보내야 한다. 병사들이 분대장을 우습게 여기면 통솔이 어렵다. 병사들은 말년을 두려워하지만, 나는 말년이 두렵지 않다. 곱게 제대하길 바란다." 싸움은 그렇게 마무리 되었고 나는 까칠한 모포 속으로 기어들어가서 웅크린 채 잠을 잤다.

그 뒤부터 우리 내무반에서는 한밤중에 고참들이 병사들을 탄창고 뒤로 집합시켜 '줄빠따'를 치는 일이 없어졌다. 쉬는 날의 사역병도 순번제로 뽑았다. 심야시간의 보초나 불침번은 고참들이 섰다. 신임 분대장이 제대말년을 두들겨 팼다는 부풀려진 이야기가 불침번 김 일병의 입을 통하여 소리 소문 없이 퍼졌기 때문이었다.

제대 후 삼십 년이 넘었지만 나는 지금도 그놈의 이름을 기억하고 있다. 내가 싸운 그놈의 진짜 이름은 관행이란 이름으로 세습되고 있는 '악습'이었다.

36 행복한 사람이 되고자 한다면

　행복한 삶을 살려면 남에게 신망을 받아야 합니다. 이때 말하는 남은 나 아닌 모두를 말합니다. 부모, 형제, 가족, 직상 상사, 직장 동료, 친구, 스승, 내 주변에서 나를 에워싸고 있는 모든 분들을 말합니다. 그들로부터 신망을 얻어내야 성공도 합니다. 나는 오늘 주변 사람들로부터 신망을 얻는 법을 말씀드리고자 합니다.

　첫째, 정직해야 합니다. 이때 정직이란 남을 속이지 않음을 말하는 것이 아니라 떳떳해야 한다는 말입니다. 떳떳함은 청정에너지를 만듭니다. 청정에너지라야 100% 연소되어 무한한 힘을 발휘하게 됩니다. 우주로 발사되는 로켓은 인간이 만들 수 있는 가장 순수한 에너지를 사용합니다. 매연이 많은 휘발유로는 우주까지 로켓을 쏘아 올릴 수가 없습니다. 매연은 타지 못하고 남은 찌꺼기입니다. 타나 남은 에너지가 몸속에 쌓이면 암이 되고, 대기 중에 쌓이면 환경오염이 됩니다.

꿈이 높을수록 청정에너지를 사용해야 합니다. 인간의 힘은 학벌이나 인물 등 외면에서 나오는 것이 아닙니다. 순수한 마음에서 나옵니다. 순수한 마음을 잘 지켜야 지치지 않는 열정을 발휘할 수 있습니다. 그렇다고 순진한 순수로는 세상을 이겨내기 힘듭니다. 세상에는 타락한 영혼들이 너무나 많기 때문입니다. 내가 말하는 순수란 깨우친 순수를 말합니다. 옳고 그름을 꿰뚫고 있되, 마음은 순수를 유지하여 그들로 부터 분별되어야 한다는 말입니다. 비밀이 많고 모사를 좋아하는 사람은 필시 자신이 만든 올가미에 자신이 걸리게 됩니다.

둘째, 책임감이 강해야 합니다. 이때 책임감이란 주어진 임무를 완수하는 책임감이 아니라 자신에게 책임을 다한다는 말입니다. 누가 보지 않더라도, 누가 알아주지 않더라도 스스로에게 약속한 바를 끝까지 지킨다는 것입니다. 남의 눈을 의식하는 사람은 자신이 세운 작은 공적을 크게 부풀려서 말하길 좋아합니다. 남을 의식하고 남으로부터 인정을 받고 싶은 욕심 때문에 그리하는 것입니다. 이런 일은 과거의 전쟁 시절에 많이 있었습니다.

도요토미 히데요시가 조선을 침략했습니다. 누가 전쟁에서 열심히 싸우는지 알 수 없으니 적군의 코를 베어서 보내라고 했습니다. 왜군은 전투 후에 죽은 조선 병사들의 코를 수도 없이 베어서 일본으로 가져갔습니다. 그 속에는 자기 동료인 왜군의 코도 엄청 많이 들어 있었습니다. 그 코를 가져가서 민든 무덤이 교토에 있는 '코 무덤'입니다. 왜군의 장수들은 코의 숫자로서 자기의 공을 주장하고 인정받으려 했습니다. 패하고 돌아왔으면서도 말입니다.

그 반면 우리의 이순신 장군은 오직 구국의 일념으로 나라를 지켜 내었습니다. 때 묻지 않은 조선의 순수한 양심들이 장군의 휘하로 모여 들었습니다. 그들은 무식하고 배운 것 없는 어부, 농부, 대장장이 같은 천민들이었습니다. 장군은 그들의 힘을 모아 농사를 지어 군량을 확보하고, 물길을 알아내고, 거북선을 만들고, 지형지물을 활용하여 왜군을 물리쳤습니다. 조정에서는 단한 푼의 재정지원도 없었습니다. 이때 이순신 장군의 책임감은 누구를 향한 책임감이 아니라 오로지 천지신명께 맹세한 자기 내면을 향한 책임감입니다. 그런 책임감은 강철보다 더 단단하고 굳센 것입니다.

셋째, 마음이 따뜻해야 합니다. 이때 따뜻하다 함은 자신에게는 냉혹하리만치 차갑되 선한 이웃을 향해서는 뜨거운 가슴을 지녀야 한다는 말입니다. 우리의 이웃 중에는 약삭빠른 이웃이 더 많을 수도 있습니다. 그들까지 포용하기는 쉽지 않을 것입니다. 때문에 먼저 가슴을 열어 약삭빠른 이웃을 감화시켜야 한다는 말입니다. 이런 경지는 대인의 경지이고 부처의 경지입니다만, 큰 인간이 되고자 한다면 잔꾀가 감히 따라오지 못하는 이런 덕성을 길러야 합니다.

넷째, 끊임없이 공부해야 합니다. 공부는 남으로부터 배워 자신을 벼리는 일입니다. 겸손한 자 만이 할 수 있는 일입니다. 이때 겸손은 높은 벼슬에 있는 분이 낮은 자리로 가서 앉는다는 형식적인 겸손이 아닙니다. 마음이 낮아지는 하심(下心)입니다. 하심은 비굴함과 다릅니다. 겸손하게 처신한다면서 비굴한 자세를 취하는 사람들을 많이 보았습니다. 말을 해야 할 때는 침묵하고, 작은 이익 앞에서는 꼬리를 흔듭니다. 자기 영혼을 속이고 학대하는 사람입니다.

하심은 나도 남과 하나 다를 바 없음을 자인하고, 어느 신분에 있든 남을 나처럼 공대하는 마음입니다. 그러고도 누구 앞에서든 당당한 마음입니다. 자신에게 당당한 사람을 보면 저절로 고개가 숙여집니다. 겸손과 비굴함과 하심은 비슷한 것 같지만 전혀 다른 것입니다. 하심을 가지면 벌레소리, 바람소리도 스승이 됩니다.

나는 이런 사람이 되려고 노력했지만 아직은 여기에까지 이르지 못했습니다. 그러나 내가 그 꿈을 버리지 않고 있으니 언젠가는 그리 될 것입니다. 그렇게 되어야 내가 참으로 행복해질 수 있기 때문입니다. 늦었지만 내 남은 생은 남의 신망을 기대하기보다는 참 행복을 살아가는 사람을 존경하고, 그들처럼 되려고 노력할 것입니다.

| 4부 |

나마스떼

생각을 공유하면

너는 내가 되고

나는 네가 된다.

그리고 우리가 된다.

37 | 통하는 사람과 함께

슬픔을 아는 사람과 함께 슬퍼하고 싶다.

기쁨을 아는 사람과 함께 기뻐하고 싶다.

즐길 줄 아는 사람과 함께 즐거워하고 싶다.

아무도 나와 함께 기뻐하지 않고, 아무도 나와 함께 즐거워하지

않는다면 내가 한 일들이 얼마나 허망한가.

기뻐해 줄 사람과 기쁨을

슬퍼해 줄 사람과 슬픔을

단 한 사람이라도 시원하게 통하는 사람과 나누고 싶다. 통하지

않는 사람과 기쁨인들 슬픔인들 어찌 나눌 수 있겠는가.

통하는 한 사람의 격려는 태양보다 위대하다.

통하는 한 사람의 위로는 어머니 품보다 따스하다.

무엇을 이루려면 통해야 한다. 통해야 힘이 모아진다. 통합은 생각의 높이를 맞추는 일이다. 기준이 다르면 통하지 않는 법. 때로는 설득도, 때로는 질책도, 때로는 속이 썩어 문드러지는 통음도 하면서 살아있는 한 통하기 위한 노력을 계속해야 한다. 통하기가 어디 쉬운가. 그 작업은 보통 인내로서는 불가능하다. 고독보다 더 무서운 고통을 삼켜야 한다.

차라리 고독해지는 게 편하다. 자판기를 톡톡 두드려 메일(mail)을 쓰고부터, 편지를 쓰지 않는 세상이 오고부터 사람과의 사이에 진지함이 사라져 버렸다. 마음을 담아 전하는 그릇을 버린 탓이다. 마음을 어디에 담을 수 있는가. 편지와 글에 담을 뿐이다. 편지를 받아 본 기억이 까마득하다. 편지를 주고받을 필요가 없는 세상이 된 탓도 있지만 마음을 나눌 상대가 없어진 탓이기도 하다.

편지를 쓸 상대가 한 분쯤이라도 있었으면 좋겠다. 나이와 성을 초월해서라도 편지를 쓸 수 있는 친구가 한 명쯤 이라도 있었으면 좋겠다. 내 마음을 이해하지 못하더라도 그냥 들어주기만이라도 하는 분이 한사람쯤은 있었으면 좋겠다.

손에 손마다 핸드폰을 쥐었지만 소리에다 참 마음을 담을 수가 없으니, 핸드폰을 버리고 편지를 쓰고 싶다. 내 마음을 꾹꾹 눌러 쓴 그런 편지를 한번 보내보고 싶다. 가끔 문우들로부터 수필집을 선물로 받는다. 책을 받았으면 최소한 읽은 소회라도 적어서 답을 해야 하는데, 그냥 책상머리에 두었다가 손에 잡힐 때마다 대충대충 읽고 만다. 참으로 미안한 일이 아닐 수 없다. '혜존'이라 써서 보낸 작가의 정성이 무색하다.

편지를 보내는 것은 마음을 보내는 것이다. 책을 주는 것도 마음을 주는 것이다. 나의 내면을 이해할 만하다고 감춰진 속마음을 나눠주는 것이다. 저 사람이라면 나하고 통할 것 같은 마음, 공감할 것 같은 마음, 서로 친구가 될 수 있다고 전해오는 마음들이 있어서 편지를 쓰고 책을 보내는 것이다. 그 믿음을 저버리면 어찌하는가.

산다는 게 뭔가. 정을 나누고, 정을 쌓고, 오고 가는 게 삶이 아닌가. 거룩한 진리, 위대한 문장이 다 무슨 소용이더란 말인가. 그대 떠난 빈자리에 꽃 한 송이 놓아줄 이 없고, 그대는 곧 차가운 밤길을 홀로 걸으며 자꾸만 그리워서 뒤를 돌아 볼 것인데, 뒹구는 낙엽처럼 쓸쓸함만 남을 것인데….

볼 줄 아는 사람과 함께 보아야겠다.
들을 줄 아는 사람과 함께 들어야겠다.
느낄 줄 아는 사람과 함께 느껴야겠다.
눈 덮인 산야를 통하는 사람의 손을 잡고 발자국을 찍으며 걸어가고 싶다. 그렇게 좋은 것을 함께 나누고 싶다.

38

깨우침 부재, 소통 부재

가슴이 먹먹하여 글을 쓰기도 힘이 든다. 전국에서 1등하여 서울법대에 들어가서 그 다음은 뭘 어찌하겠다는 말인가.

그녀는 지금 남편과 이혼 소송 중이며, 하나 뿐인 아들을 데리고 힘겹게 살아간다. 자신의 이런 모든 불행이 세상 탓이라고 여긴다. 그녀는 세상과 담을 쌓았다. 남편이란 자도 믿을 수가 없고, 오직 내 배 아파 낳은 내 자식만 믿을 수가 있다. 자식은 나를 배신하지 않을 것이다. 무슨 짓을 하든지 끝까지 공부를 시킨다. 나를 버린 세상에 통쾌하게 복수하는 길은 내 자식이 모든 것에서 1등하는 길 말고는 없다. 나는 자식에게 모든 것을 건다. 자식은 내 이런 심중을 당연히 헤아려 줘야 한다. 그걸 모르면 내 자식이지만 그도 배신자다. 몽둥이로 다스려야 한다.

고등학교 3학년 학생이 어머니를 살해하여 안방에 다 8개월 동안 시신을 숨겨둔 사건이 발생했다. 이 학생은 전국에서 4천등 이내에 드는 우등생이었다고 하는데 성적이 떨어지자 어머니가 무서워 성적표를 조작했다가 들통이 날까 두려워 이러한 범행을 저질렀다고 한다. 군(A)은 어머니가 평소 자신에게 "전국 1등을 해야 한다", "꼭 서울대 법대를 가야 한다"며 자주 폭력을 휘둘렀고, 성적이 떨어지면 밥을 주지 않거나 잠을 못 자게 했다고 한다.

나는 이 사건에서 세상과 소통의 단절에 빠진 세 사람의 영혼을 악령이 지배하고 있는 것을 본다. 아버지라는 자리는 가정을 지켜야 할 무거운 책임을 지는 자리다. 그 자리가 얼마나 숭고하였으면 하나님조차도 아버지라 불리겠는가. 아버지는 가족 위에 군림하는 사람이 아니다. 그는 모든 재주를 다하여 가족 구성원들의 화합과 단결, 그리고 행복을 이끌어내야 할 소명을 받은 자다. 때문에 아버지가 가장 우선적으로 해야 할 일은 가족들이 서로를 이해하고 소통하도록 하는 데 힘을 써야 한다.

서로의 입장을 말하게 하고, 그 입장을 경청하게 하고, 각자 조금씩 양보하게 하여 서로를 아끼고 사랑하는 감정이 잘 전달되도록 하는 일에 마음을 써야 한다. 특히 가정에 불행이 닥쳤을 때는 더 더욱 그렇다. 그러나 이 가정을 보면 아버지부터 제 생각대로만 살았다는 생각이 든다. 그는 아내와 이혼 소송을 준비 중이고, 자식과는 대화 한 번 하는 법이 없고, 아내는 혼자 힘으로 자식을 키우면서 남편에 대한 복수심만 불태워 왔다.

한 해에 60만 명 이상 수능시험을 본다. 거기서 10만 등 안에만 들어도 제 할 일을 잘하는 아주 부지런한 학생이다. 직원들을 뽑아 일을 시켜 보면 학교 다닐 때 공부를 잘했다고 일을 잘하는 것은 결코 아니었다. 깨우침이 있는 사람은 스스로 연구하고 배워서 회사에 크게 도움이 되는 일을 하는 것을 수도 없이 보았다. 그것만이 아니다. 고교 동창회 모임도 성적이 우수했던 학생들은 거의 나오지 않는다. 오히려 평범했던 친구들이 훌륭한 인격을 갖춘 인물이 되어 부지런히 동창회에 참석한다. 경쟁심 속에서 키워지면 평생을 열등감의 노예로 살게 된다.

A군은 성적표를 위조한 것이 들통 날까봐 어머니를 살해했다고 한다. 누가 이 아이에게 자기 영혼을 속이게 만들었는가? 어머니인가? 사회인가? 그 누구도 아니다. 바로 악령이다. 악령은 때로는 달콤한 말로 때로는 공포심을 주어 우리의 영혼을 자기 소유로 만들어 버린다. 악령의 존재 목적은 오로지 사람과 사람 사이에 오해와 불신과 증오를 불러일으키는 데 있다.

악령은 A군의 어머니에게 '네가 지금 이런 처지에 들게 된 것은 네 탓이 아니다. 그건 전부 네 남편 탓이고 사회 탓이다. 지금은 네가 힘들지만 네 자식이 1등을 하면 오늘의 이 고생은 한꺼번에 보상을 받는다고 유혹하여 그 영혼을 지배해 버렸다. 그리고는 돌아서서 A군에게는 '너는 어머니의 기대를 저버린 배은망덕한 놈이다. 성적표나 위조하여 부모를 속인 자다. 이제 네 어머니가 이 사실을 알면 너를 닦달하고 몽둥이로 때릴 지도 모른다. 이제 어떡할 것이냐' 하며 공포심을 조장한다. 결국 악령은 둘 다 파멸시켜 버린다.

우리는 영계에서 움직이는 이 악령의 작용을 꿰뚫어 보는 눈을 가져야 한다. 그건 우리가 깨우치는 길 말고는 없다. 깨우침이 없으면 파블로프의 개처럼 숨은 실험자가 늘 우리의 영혼을 조종하려 하고 있음을 알지 못한다. 자신을 하나의 개체로 보지 말고 영과 육과 혼이 결합된 삼위일체란 사실을 이해하고, 내 육신을 지금 어떤 영혼이 어떻게 움직이려 하고 있는지를 돌아보는 눈을 가져야 한다. 그리고 의혹이 생기면 단호하게 진리 쪽으로 걸어 나와야 한다.

나도 중학교 다닐 때 성적표를 고쳐서 아버지께 보여드린 적이 있다. 아버지도 그걸 아셨을 것이다. 그러나 아버지는 아무 말씀도 않으셨다. 내가 깨우칠 때까지 기다리신 것이다. 이미 자아가 싹튼 자식을 혼낸다고 하여 공부를 더 잘하게 할 수는 없다. 혼을 내는 것으로 깨우쳐 줄 수 있는 나이는 자의식이 생기기 전에 해야 할 일이다.

나는 우리 사회가 소통 부재로 엄청난 비용과 에너지를 낭비하고 있으면서도 그 누구도 진지하게 소통교육을 시키지 않는다는 사실을 발견하고 놀란다. 마음이 막혀 있는 상태에서 소통을 시도하게 되면 감정만 팽팽하게 부풀어 오른다. 팽팽해진 감정은 자신이 가장 만만하게 여기는 영혼에게로 가서 폭발한다. 악령은 바람 같은 존재다. 내가 세상과 잘 소통하면 풍선에서 바람이 빠지듯이 악령이 내 영혼에서 빠져 나간다.

나는 그동안 수필에서 거친 언어나 강한 언어를 기피하는 이유를 몰랐다. 굉장히 궁금하였고, 실험적으로 거친 표현을 써보기도 했다. 강하고 거친 언어는 우리의 영혼을 망가트린다. 강하고 거친 언어를 반복하여 사용하다보면 그게 그대로 내면으로 신념화되어 자기 영혼부터 망가진다. 그리고 그런 사람이 힘을 가지게 되면 다른 사람들에게까지 잘못된 자기신념을 강요하여 폭력적이게 된다. A군은 자신이 사귀는 여학생의 이름만 듣고도 펑펑 운다고 한다. 자신과 소통이 되는 유일한 사람이었기 때문이다. 내 가슴이 다 아프다.

39

먼저 소통해야 하는 이유

　우리는 성서에 기록된 바벨탑의 이야기에서 언어가 혼잡하여졌다는 의미를 영어, 중국어, 한국어처럼 민족적인 언어로 나눠진 것으로 이해합니다. 이 이야기는 인간이 지닌 원초적인 장애인 소통장애에 관한 이야기입니다. 사람은 모두 자기 생각에 빠져 있기 때문에 한솥밥을 먹고 한 이불을 덮고 자는 사이라하더라도 말의 참 의미가 제대로 전달되지 않는다는 것입니다.

　돌아보면 인류의 역사는 소통과의 전쟁이라 해도 과언이 아닐 것입니다. 사람은 홀로 살 수 없는 존재라서 필히 누군가의 협력을 받아야 하고, 협력을 얻으려면 상대방에게 내 의사를 잘 전달하여 자발적인 참여를 이끌어내야 합니다. 참여를 이끌어내고자 종교가는 설교를 하고, 정치가는 웅변을 토하고, 교육자는 강의를 하고, 신문 방송 인터넷은 쉼 없이 돌아가고, 회사는 출근하면 회의부터 합니다. 그것도 부족하여 오늘날에는 손에 손마다 핸드

폰까지 쥐고 있습니다만 소통이 되지 않기는 예나 지금이나 마찬가지입니다. 수많은 시간과 비용을 소통하는 일에 허비합니다만 아쉽게도 사람들은 어떻게 하면 이 벽을 넘을 것인가에 대해서 자기고민 없이 살아갑니다. 그 결과 우리의 삶은 가족과 동료와 이웃들과 마찰하고 불화하여 불행해지고 맙니다. 나라 간에도 소통 부재에 빠지면 결국은 전쟁이 터지게 되는 것입니다.

사람들은 먼저 소통에 나서면 열등함을 자인하는 것같이 느껴지므로 절대로 먼저 소통에 나서지 않습니다. 모르는 학생일수록 질문을 하지 않는 이치와도 같습니다. 행복한 삶을 살아가려면 타인의 협력을 이끌어내어 조화로운 소통을 이루는 것이 절실히 필요함에도 우리는 마음의 문을 닫아걸고 살아갑니다. 소통이 필요 없는 환경이라면 문제가 없겠지만 눈만 뜨면 소통의 전선으로 나가야 하는 게 우리의 삶입니다.

우리는 불행하게도 지시와 명령이 소통의 가장 빠른 지름길이라고 여깁니다. 그래서 상대방을 이해시키기보다는 힘으로 누르고 싶어합니다. 심지어는 통계와 여론을 조작하기도 합니다. 권모술수를 비상한 재주로 여기고, 속임수를 개발하는 데 만 몰두합니다. 사람들은 점점 더 마음의 문을 닫아겁니다. 소통의 소음은 날로 커지지만 모두들 자기생각 속에 갇히고 맙니다. 군중 속의 고독입니다. 현대인에게 가장 많은 질병인 우울증이 찾아옵니다.

행복해지려면 마음 문을 열고 먼저 소통에 나서야 합니다. '당신의 이해와 협력이 필요하다'고 말하는 것은 아쉬운 소리를 하는 게 아닙니다. 우리는 모두가 서로의 협력을 필요로 하는 약점 많은 인간임에도 '나는 누구의 도움도 필요 없는 사람'인 척하는 것은 오만을 넘어서 자신을 속이는 짓이란 걸 알아야 합니다.

대부분의 사람들은 속내를 먼저 드러내 보이면 손해를 본다고 합니다. 오늘날의 사회 환경에서 틀린 말은 아닙니다. 그렇지만 먼저 속내를 드러내 보였다고 해서 내가 손해 볼게 도대체 얼마나 되겠습니까. 속임수는 내가 먼저 속내를 드러내 보인 데 있지 않고 속이려는 마음을 가진 그 자체에 있습니다.

나는 가까운 사람, 아내, 자식, 직원들에게는 서론을 생략하고 본론부터 말하는 습관이 있었습니다. 그들을 남보다 더 아끼고 사랑하니까, 그들 또한 나를 아끼고 사랑하니까 당연히 나를 이해하고 핵심만 말해도 잘 알아들을 것으로 생각한 때문입니다. 그 결과 시간이 지나면서 심각한 소통장애에 빠지게 되었습니다. 말 안 해도 말하는 이유를 알 것이라는 선입견이 가장 사랑하는 사람들과 가장 심각한 소통장애에 빠지게 만든 것입니다.

말이 잘 통하지 않을 때는 저 사람과 나 사이에 무슨 장애가 있는지 곰곰이 생각해보고, 말하는 방법과 순서부터 바꿔 보시길 바랍니다. 틀림없이 원하는 바를 얻을 것입니다. 내 경험으로 볼 때 사회에서 성공을 거둔 사람들은 모두가 다 소통의 달인들이었습니다. 그들은 자신이 원하는 것을 얻기 위해서 어떻게 하면 상대편의 협력을 이끌어 낼 것인가를 골똘히 생각하고 실천에 옮긴 분들이었습니다. 그렇다고 룸살롱 가서 폭탄주를 마시고 화끈한 척하지는 마십시오. 빠른 소통의 길이기는 하겠지만 그 방법은 바른 방법이 아니라서 우리의 영혼을 타락시키고 내게서 참 행복을 빼앗아갑니다.

우리가 남들과 잘 소통해야 하는 이유는 남을 위해서가 아니라 내가 행복해지기 위해서라는 단 한 가지 사실 때문입니다. 바벨탑 붕괴사건은 선악과를 따먹고 자기 내면에 있는 신과의 소통 단절에 빠진 인간이 드디어는 자기 생각의 늪에 빠져서 사람과 사람사이의 소통 단절에 빠지고 만 제2의 선악과 사건인 셈입니다.

올바른 소통은 진리로부터, 사람으로부터 멀어진 우리 인간을 구원하는 길이기도 합니다. 우리는 남을 위해서가 아닌 내가 행복해지기 위해서 더 많이 생각하고, 더 많이 인내하고, 더 좋은 다른 소통의 방법을 찾아내야 하는 것입니다.

40

소통의 기술

　사람은 동물들과 달리 자신의 마음을 전달하기 위해서 말과 글을 사용합니다만 사람의 마음은 아주 복잡하여 이 땅의 어떤 말과 글로도 다 전할 수가 없습니다. 때로는 마음을 전달하는 한 수단으로 화를 내거나 침묵을 사용하기도 하지만 제대로 전달되지 않기는 마찬가지입니다. 마음이 제대로 전달되려면 신뢰가 먼저 형성되어야 합니다. 신뢰는 표현되지 않은 더 많은 감정의 부분들을 전하고 받게 해주는 초고속 광케이블 같은 것입니다.

　사람은 동물 중에서도 가장 의심이 많은 동물입니다. 믿는다고 하면서도 의심을 하는 게 사람입니다. 조금도 의심이 없는 믿음을 어떻게 하면 형성할 수 있을까요. '내가 너를 절대로 해롭게 하지 않는다'는 생각이 들도록 서로에게 그렇게 신호를 보내는 것입니다. 사랑한다는 신호를 보내야 하는 게 아니냐고요? 인간은 사랑을 받고 있으면서도 그 사랑이 떠날 것을 두려워하는 존재라서 사랑한다는 신호만으로는 믿음이 형성되지 않습니다. 내가 그 사람과 함께 있어 덕을 보면 보았지 손해 볼 것은 없다는 생각이 들 때 편안한 믿음이 형성됩니다.

좋은 인간관계는 이심전심의 소통으로 형성됩니다. 불교에서는 이를 염화시중(拈華示衆)의 미소(微笑)라고 합니다. 석양을 등지고 부처님께서 연꽃 한 송이를 들고 빙그레 웃으니 가섭 존자만이 그 뜻을 알고 같이 미소로 답했다는 이야기입니다. 소통은 이처럼 쌍방소통이 되어야 완전한 소통이 됩니다. 일방적인 소통은 지시와 명령이지 참 소통이 아닙니다.

나는 작은 사무실이지만 우리 회사 직원들과 바른 소통을 유지하고자 애를 씁니다. 직원들을 신뢰한다는 시그널을 보내면 직원들도 나에게 '나도 사장님을 신뢰하고 따른다'는 시그널을 보내주길 기대합니다. 직원들이 아무런 신호도 보내오지 않으면 나는 이렇게 생각합니다. '저들이 나를 싫어하는가? 내가 어떻게 해주길 원하는가? 저들의 불만이 뭘까?' 혼자서 제 멋대로 말도 안 되는 상상을 하게 됩니다. 그런 엉터리 상상력이 바른 인간관계를 파괴합니다.

동물들은 말과 문자를 사용하지 않고서도 잘 소통합니다. 인간들 보다 의심이 적기 때문입니다. 의심은 부정적인 상상력입니다. 인간관계에서 어느 한 쪽은 자기 마음을 열심히 보여주는데, 다른 한 쪽은 자기 마음을 꽁꽁 숨겨버리면 부정적 상상력이 발동되기 때문에 아무리 긴 세월이 흘러가도 좋은 인간관계가 형성되질 않습니다. 내 중심만 바르면 내 마음을 다 열어 보여도 남이 나를 어찌하지 못합니다. 먼저 자신을 열어 보이고 솔직하고 당당하게 소통해 나가는 기술을 익히면 필히 성공하는 삶을 살게 될 것입니다. 우리는 이런 사람을 소탈한 사람이라 부릅니다. 사람들이 소탈한 사람을 좋아하는 이유는 의심할 필요가 없기 때문입니다.

의심은 걱정을 불러오는 참으로 무거운 짐입니다. 상대방에게 무거운 짐을 지우고서야 어찌 좋은 친구가 될 수 있겠습니까. 나는 어떠한 경우에도 남을 해롭게 하는 사람이 아니라는 신호를 세상을 향하여 보다 적극적으로 보내시길 바랍니다. 그것이 소통의 기술입니다.

소통은 물이 위에서 아래로 흘러 수평을 찾아가듯이 더 많이 깨우친 자가 덜 깨우친 자를 향해 자기의 깨우침을 나눠주어 깨우침의 수위를 맞추는 일입니다. 때문에 서로에게 더 이상 바랄 것이 없을 때 비로소 완성이 됩니다. 소통이 완성되면 저절로 미소를 짓게 됩니다. 서로가 편안해지는 때문입니다

41 | 소통이 통일이다

　남북군사회담을 하는 모습을 TV에서 종종 봅니다. 가슴에 훈장을 주렁주렁 단 북한군 장성들이 둥근 군모를 쓰고 인상을 쓴 채 테이블로 나옵니다. 걸음걸이가 기계처럼 딱딱합니다. 북쪽 보다는 좀 덜하지만 남쪽 장성들도 풍기는 분위기는 별반 다르지 않습니다. 상대방에게 기죽지 않겠다는 비장한 각오를 한 사람들처럼 보입니다. 그들의 모습을 보면 대화를 하기 위해서 나온 게 아니라 싸우러 나온 모습입니다.

　소통의 기술 중 가장 우선적으로 해야 할 일은 분위기부터 부드럽게 바꾸는 일입니다. 나는 당신과 싸울 의사가 없다는 점을 먼저 표시해야 합니다. 물론 웃으면서 뒤통수를 때릴 지도 모르니 조심해야겠지만, 그래도 소통을 원한다면 분위기부터 부드럽게 해야 합니다. 분위기를 바꾸었는데도 상대방이 계속해서 긴장관계를 유지하면 소통을 포기하고 싶어지기도 합니다. 그런다고 거기서 멈추면 안 됩니다. 그건 일단의 소통시도가 먹혀들었다는 증좌입니다. 그는 지금 나의 제의를 받고 마음의 문을 열까 말까 고민하며 혼란에 빠져 있는 것입니다.

의심이 많은 사람일수록 어떤 방식으로든 진정성을 테스트해보고 싶어 합니다. 전보다 더 강하게 반발할지도 모릅니다. 무방비 상태에서 예기치 못한 반발을 받으면 무척 당황하게 되니 소통을 제의 한 후에는 어떤 반발이 있으리라는 것을 짐작하고 거기에 대비해야 합니다. 예기치 못한 반발에 상처를 받고 발끈하게 되면 상대방은 대번에 "그러면 그렇지, 네까짓 게 나를 속이려고…" 하는 생각을 하게 되고, 둘 사이의 벽은 처음보다 더 높아지게 됩니다.

상대방의 반발을 가능한 유머러스하게 부드럽게 받아 넘겨야 합니다. 이는 대화에서 승패를 좌우하는 대단히 중요한 기술입니다. 이게 성공하면 절반의 성공을 거둔 것이나 다름없습니다. 소통을 시도하면 상대방은 네까짓 게 무슨 대단한 제안을 하는지 들어보기나 하자는 마음으로 테이블에 앉게 됩니다. 이때 대부분의 사람들은 상대방에게 유익한 점을 이야기하면서 설득하려 합니다. 그렇게 소통하면 필히 실패합니다. 왜냐하면 지금 상대방은 나와 손익을 따지기 위해서 테이블에 앉은 것이 아니라 내가 얼마나 솔직한 마음으로 대화에 임하는지 살피려고 나온 것이기 때문입니다.

세상의 모든 인간관계는 이해관계로 얽혀 있습니다. 보통의 사람들은 자신의 이익은 숨기고 상대방의 이익을 먼저 말합니다. 이익의 참 얼굴이 아닌 거짓 얼굴을 보여 주는 것입니다. 거짓 얼굴을 보여주면서 소통을 시도하면 소통을 이루지 못합니다. 소통의 달인은 여기서 먼저 자신의 이익을 말합니다. 당신과 잘 지내게 되면 나에게 이러이러한 이익이 생긴다. 그래서 당신과 소통을 하려는 것이라고 말합니다. 당신은 나에게 아주 중요한 사람이라고 툭 터놓고 인정해 주는 그런 솔직함에서 상대방은 우월감을 갖게 되고, 비로소 소통의 벽이 허물어집니다. 공부를 하지 않는 아들을 앉혀 놓고 "야 이놈아! 애비를 위해서가 아니라 네 장래를 위해서 공부하라고 하는 거다"라고 아무리 고함을 질러봐야 소통은 이루어지질 않습니다. 아들은 속으로 '아부지 장래나 걱정하소. 내 장래는 내가 알아서 할낍니다.'라고 할 것입니다.

나로부터 존재감을 인정받은 상대방은 한결 부드러워지면서 나와 잘 소통한 이후의 자신의 이익이 무엇인지를 생각하게 될 것입니다. 이때를 놓치지 말고 정직하게 상대방에게 유익한 점을 말해 주는 것입니다. 우리는 모두 남의 이익을 챙겨줄 줄 아는 사람을 친구로 삼고 싶어 합니다. 상대방의 이익을 대충 얼버무리거나 자신의 이익을 감추고서는 참 소통을 이루기가 불가능합니다. 마무리는 서로가 유익한 방향으로 최선을 나하여 협력해 나가면 말 없는 가운데서 신뢰가 형성되어 완전한 소통을 이루게 되는 것입니다.

몽매한 사람일수록 소통이 필요 없다고 생각하고, 깨친 사람일수록 더 많은 소통이 필요하다고 여깁니다. 내가 먼저 소통에 나서는 것은 자신이 못나서가 아니라 우리 모두가 행복해지기 위해서입니다. 철의 장막, 죽의 장막이 걷힌 것도 소통의 힘입니다. 생각을 공유하면 너는 내가 되고 나는 네가 되고 그리고 우리가 됩니다. 남북통일도 땅 덩어리의 결합이 아니라 소통이라고 생각하면 더 쉽게 통일을 이룰 것입니다.

42 | 툭 터놓고 말해서

　사람들은 죄다 자신의 참 마음을 감추고 살아갑니다. 친구가 되고 거래 관계를 트려면 마음 문을 열어야 합니다. 상대방이 마음을 열었는지 아닌지는 대화의 솔직함을 살펴서 알 수가 있습니다.

　장돌뱅이 앞에서는 장돌뱅이의 솔직함을 보여야 하고, 선비 앞에서는 선비의 솔직함을 보일 수 있어야 그들과 친구가 될 수 있습니다. 솔직함은 적어도 저 사람이 나를 속이지는 않겠다는 안도감과 믿고 무언가를 함께 도모할 만하다는 신뢰감을 상대방에게 줍니다.

　경계하는 사이에서는 절대로 믿음과 우정이 싹트지 않습니다. 나는 마음 문을 열고 솔직함을 보여주는데, 상대방은 무언가를 감추고 있다고 여겨지면 '저 사람은 이정도 선에서 나와 선을 그으려하는구나' 하고 오해를 하게 되어 둘 사이는 더 이상의 진척이 이뤄지질 않습니다. 상대방이 마음을 터놓고 나올 때는 이쪽에서도 터놓고 그 제의를 받아들일 것인지 거절할 것인지 솔직하게 응대해야 합니다. 상대방이 마음을 열고 나오는데 이쪽에서 계속 애매모호한 태도를 취하면 '나를 경계하는 구나.' '좋아하는 척하며 지내다가 여차하면 보따리 싸려는 구나.' '말 못할 숨겨진 사연이 있구나.'하는 오해를 받게 됩니다.

글도 솔직하게 툭 터놓는 글이라야 독자들에게 신뢰를 줍니다. 작가가 마음 문을 꽁꽁 걸어 잠그고 글을 쓰면 독자들이 대번에 알아보고 그 글을 내팽개쳐 버립니다. 마음 문을 닫는 데는 독자들이 작가보다 더 고수이기 때문입니다.

소장수 흥정도 밀고 당기고 하다가 마지막에는 서로가 원하는 금을 툭 터놓는 솔직함이 있어야 성사됩니다. 작가는 다른 것은 몰라도 제 속마음을 털어 놓는 데 있어서는 금메달감이 되어야 한다는 생각을 합니다.

43 | 어긋난 소통

(1)

초등학생 때 예쁜 여학생들의 고무줄을 자른 것은 그 여학생을 좋아한다는 뜻이었다. 좋으면 좋다고 할 것이지, 그리 못한 건 마음이 들켜 버리면 부끄러웠기 때문이다. 장가든 후에도 그 버릇 못 버리고 내가 아는 말이라곤 "밥 묵었나?" "아는(아이들은)?" "자자!" 소리뿐이었으니….

나이가 훨씬 더 들어서야 만난 늙은 스승이 말했다. 꽃을 전하고 시집을 주라고. 답답한 어느 시인이 만날 술만 퍼마시더니 시 칠백 편을 쓰고 죽었다고 한다. 사람들은 술 때문에 죽었다 하기도 하고 시에 미쳐서 죽었다 하기도 한다. 아마 시를 모르는 세상이 답답해서 죽었을 거다.

내 나이 쉰이 훌쩍 넘어버린 지금, 시든 꽃송이조차도 보이지 않는 지금, 뒤늦게나마 철이 들어서 마지막 남은 온기라도 전하고

자 내 마음이 본시 그게 아니었다며 식은 밥 같은 마음들을 끄집어내어서 글을 쓴다. 그래도 옛날 버릇이 남아서 아직도 글 속에다 아픔을 담아버리고는 내가 또 나를 아프게 한다. 그래서 나는 자꾸 미안하다는 말만 쓴다.

예쁜 여선생이 내 꼴을 보더니 한마디 했다. 요즈음 세상에는 "초딩(초등학생)은 꽃을 주고 선수는 고추를 준다"고…. 나는 정말 오랜만에 시원스레 웃었다. 매운 고추가 막힌 곳을 확 뚫었다. 정신이 번쩍 들었다.

죽은 시인은 바보다! 저승에 가 봐야 시마저도 없다는 것을 몰랐을 거다. 시인이 죽기 전에 술이나 한잔 줄걸 그랬다. 저승에는 꽃도 없고 고추도 없을 것인데, 그 답답한 마음을 아는 체라도 해줄 걸 그랬다. 선생님과 큰 스님께서는 이 어긋난 소통에 대해서 또 뭐라 하실지 모르겠다. 선생님은 글과 말을 아끼고 사랑하는 시인이시니까 '그래도 그리 말하면 안 된다.' 하실 것이고, 큰 스님은 '이 등신아, 니 그래가 언제 중 될래.' 하실 것이다.

깨우침과 표현. 이 둘의 조화.

'때에 맞는 말이 얼마나 아름다운고. 한 여름날의 냉수 같도다.'

나는 나도 모르게 '아멘'[3]이란 말이 튀어 나오는데, 누님이 또

---

3) '하나님의 뜻대로 이루어진다.'라는 뜻인데 하나님의 의지가 인간들에게 그대로 잘 소통된다는 의미이다.

까분다고 빗자루를 들고 쫓아오겠다.

나는 누님이 좋다. 큰 스님보다도 스승님보다도 누님이 더 좋다. 누님은 얼굴도 예쁘고 마음씨도 곱기 때문이다. 메롱, 하고 달아나던 때가 생각나 갑자기 누님이 보고 싶어진다.

'통즉불통 불통즉통(痛卽不通 不通卽痛)'이란 구절이 떠오른다. 통(通)과 통(痛)을 뒤바꾸어도 잘 통한다. 산 아래 홀로 구름이 떠간다. 구름은 비가 되고, 비는 또 강이 되고, 강은 다시 바다로 통한다. 바다에서 다시 구름이 일어나고. 자연은 그렇게 서로 다른 모습으로 변하면서 통한다. 기왕이면 나는 구름이 되고 싶다.

(2)

고교동창회에서 부부동반으로 소금산 등산을 가던 날, 차 안에서 총무가 떡을 나눠 주었다. 한 싱거운 친구가 사회자로 나서더니 "밤새도록 떡을 만든다고 수고하신 회장님 부부에게 감사의 박수를 보냅시다." 한다. 모두들 까르르 웃으며 박수를 친다. 이때 웃음의 의미는 '떡'으로 통했다는 것이다.

생명! 그 거룩한 것만이 가장 원시적인 방법으로 태어난다. 태초에 신이 만들어 준 그 방법 그대로 태어난다. 제왕도 부처도 거지도 강아지도 바로 그 방법으로 태어난다. 그래서 모든 생명은 평등하다.

시골초등학교 동창회만 가도 드럼통보다 굵어진 허리를 한 여자 친구들이 배꼽을 잡고 구를 이야기를 태연하게 한다. 그들의 이야기 속에는 생명을 낳아서 길러낸 여인만이 지닐 수 있는 배포가 있다. 그 배포가 워낙 크고 넓으니 그 앞에 서면 남학생들은 기가 죽어 함부로 나대지 못한다. 초등학교 동창회는 그래서 여학생들이 대장이다. 가장 원시적인 환경일 때에 '모든 권력은 여자에게서 나온다.'고 나는 확신한다.

황우석이 불만이 있었는지 복제 개를 생산했다. 이제는 개가 사람보다 더 형이상학적인 동물이다. 세상은 비로소 인간이 생명을 창조했다고 감탄하지만, 나는 개가 왕 노릇할까봐 지레 겁이 난다. 모든 수컷들은 거세된 채 평생 고기만 만들다가 죽을 운명이다. "초딩은 꽃을 주고 선수는 고추를 준다"고 한 예쁜 여선생이 귀엽다.

꽃이 고추로 통하고 고추가 생명으로 통하고 여인에게 가장 필요로 하는 건 꽃이 아니라 고추라는 여선생의 농담은 옳은 말을 하고서도 나이가 주는 부끄러움이 있어 폭소를 자아내게 한다. 그런 여성들이 많아야 남성이 남성다워진다. 이제 내가 꽃집에 가서 꽃을 사면 세상의 여인들은 저 고추를 누구에게 주려는가 궁금할 것이고, 칼국수 집에 가서 고추를 먹을 때마다 젊은 여인들은 꽃을 생각하며 부끄러울 것이다.

떡! "사람이 떡으로만 살 것이 아니요"라고 하던 그 '떡'이, 떡이 아닌 의미로 통했던 것처럼, 꽃이 고추가 되던, 말씀이 떡이 되던 아무려면 어떠랴. 승속(僧俗)이 다 한가지로 여인의 엉덩이 아래로 나온 것인데.

44 악어도 식사할 권리가 있다*

식사시간은 장례 시간이다. 나보다 약한 것들이 나보다 약하다는 이유 하나 때문에 나의 밥이 되어 세상을 떠나는 시간이다.

목마른 사슴들아 조심하라! 그대들에게 목마른 시간이 악어에게는 배고픈 시간이다. 그대들이 악어의 입에서 버둥거리는 것을 보는 일은 슬프다. 그대가 악어보다 가냘픈 동물이기 때문이 아니라 한 생명이 다른 한 생명의 양식이 될 수밖에 없는, 해결될 수 없는 이 모순이 슬픈 것이다. 악어에게 물려서 버둥거릴 때라도 악어를 원망하거나 저주하지 말라. 악어라고 어디 편한 삶만을 살았겠는가. 그대를 밥으로 얻기 위해서 누런 진흙탕물 속에 숨어서 몇 날을 버티며 기다렸을지도 모를 일 아닌가. 그대들이 푸른 초장(草場)에서 풀을 뜯으며 행복해 할 때, 주린 창자를 부둥켜안고 그대들에게 목마름의 시간이 찾아오기를 뭇 밤을 기도하며 지새웠을지도 모를 일이 아닌가.

사슴들아! 그대들은 풀을 뜯으며 풀에게 감사하는가? 그대들은 그대들의 뱃속으로 사라진 풀을 위해서 단 한 번이라도 눈물을 흘린 적이 있는가? 그대들도 약한 것들을 그대들의 양식으로 하여 살아가지 않는가. 버둥거리지 않는 풀이라고 해서 고통이 없겠는가. 쇠고기 한 근은 소가 아니라고 여기듯이 단지 그들의 고통을 네가 느끼지 못할 뿐이지 않은가.

그대들의 식사시간뿐만 아니라 살아있는 모든 것들의 식사시간은 기쁘면서도 슬픈 시간이다. 그래서 존재는 기쁨이면서 또한 슬픔인 것이다.

악한 물고기라고 낙인찍힌 악어(鰐魚)지만 먹지 않을 생명은 결코 죽이질 않는다. 돈벌이나 취미로 사냥을 하지 않는다. 자기를 과시하려고 곡간을 짓고 살아있는 것들을 죽여서 차곡차곡 쌓아두지 않는다. 냉장고를 만들어서 가득이 넣어두지도 않는다. 생긴 몰골이 흉악스럽다지만 밥으로 사라지는 것들에 대한 슬픔과 일용할 양식을 구한 데 대한 감사함은 안다.

악어의 눈물은 교활한 눈물이 아니다. 그 눈물은 진실의 눈물이고, 서러움의 눈물이고, 어찌할 수 없는 한계를 아는 눈물이다. 그 눈물이 바로 부처의 눈물이고 예수의 눈물이고 공자의 눈물이며, 모든 죽어가는 것들을 사랑할 수밖에 없음을 아는 눈물이다. 부처나 예수 같은 마음은 눈곱만큼도 없으면서 신의 이름으로,

더러는 진리와 정의라는 이름으로 생명 위에 군림하며 거들먹거리는 자들이 얼마나 많은가.

악어를 욕하지 마라. 악어는 적어도 그런 짓은 하지 않는다. 거짓된 영혼을 팔아서 밥벌이를 하지 않는다. 물가에다 '악어 조심'이란 팻말을 붙이면 악어는 굶어야 한다. 사슴들이 지혜로워지면 악어는 더욱 교활해 져야 살 수 있다. '악어 주의'란 팻말을 제발 붙이지 말라. 악어로부터 식사할 권한을 빼앗지 말라. 악어도 살아야 한다.

살아있는 것들은 모두들 살기 위해서 발버둥을 친다. 그리고 결국에는 누군가의 밥이 되어 사라진다. 악어가 먹다 남긴 시체를 독수리가 먹고, 독수리가 남긴 뼈다귀는 이름 모를 미생물의 양식이 되어 사라진다. 생명이 있는 것들은 모두들 그렇게 서로가 서로의 밥이 되어 사라진다. 그대에게 지능이 있고 지혜가 있고 돈이 있고 권세가 있고 문학과 예술이 있다 할지라도 그대는 결국 누군가의 밥으로 사라진다.

밥 먹을 때 엄숙하라. 식사에 대한 묵념을, 나를 위해 죽어간 것들에 대한 예를 올려라. 오늘도 다른 생명을 양식으로 얻은 것에 대해서 감사하라. 그렇게 서로가 서로에게 감사하라. 그리고 한 생명은 다른 생명에게 살아 갈 기회를 더 많이 허락하라! 우리 모두는 예외 없이 서로를 죽여야 살 수 있는 원형경기장의 검투사

같은 존재일 뿐이니, 식사할 때는 악어처럼 눈물이라도 흘려라. 그게 사랑이고 모든 죽어가는 것들을 위해 살아있는 것들이 해야 할 의무다.

*내 친구 사진작가 박경대, 〈야생의 숨결〉 P157, 악어가 누를 잡아먹는 사진에 붙은 문구

45 | 청소하는 마음

　나는 마음을 다잡고 무언가 새로운 일을 시작하고자 할 때는 청소부터 한다. 먼저 구석구석에 쌓인 쓸모없는 것들을 끄집어내어 버리는 일부터 하게 된다. 싫던 좋던 눌러 붙어 제자리인 양 차지하고 있는 기물들도 먼지를 털고 새롭게 자리매김 된다. 어떨 때는 덩치가 큰 책상이나 가구들의 배열까지 바꾼다. 익숙하던 것이 재배열되고 나면 새로운 기분이 들고 한 번 해보자는 의욕이 솟는다.

　나는 신입사원들을 채용한 때에도 청소를 얼마나 잘하는가를 살펴보아 그들의 심성을 가늠한다. 청소를 깨끗하게 하는 사람은 업무도 명쾌하게 처리한다는 내 소신 때문이다. 가끔 주변이 더러워도 치울 생각을 하지 않는 직원에게 청소를 시킬 때가 있다. 그러면 시킨 것만 치우고 손을 씻는 사람이 있다. 그런 직원을 보면 손가락 세 개로 걸레를 빠는 사람처럼 도무지 신뢰가 가질 않는다. 어떤 이들은 '나는 청소 따위를 하려고 취직한 게 아니다'는 무언의 반발을 보이기도 하는데 분명한 것은 업무에 적극성이 강한 직원일수록 청소도 잘한다는 것이다.

우리나라를 오늘날처럼 살기 좋은 세상으로 만든 것은 누가 뭐래도 새마을운동 덕이다. 새마을운동은 청소부터 시작했다. 일요일이면 마을 어린이들이 모여 조기청소를 했다. 아침 일찍 일어나 자기 집 마당을 비질하여 쓸고, 동구 밖에 모여 함께 마을길을 쓸었다. 오두막이라도 구석구석 청소하고 걸레질을 하여 빛이 나게 만들었다. 청소는 내게 능동적인 습관과 협동정신을 길러 주었고 사람의 마음을 긍정적으로 변화시키는 원리를 깨우쳐 주었다. 주변이 더러운데도 이를 치우려 하지 않는 사람들이 있다. 일의 선후와 사리분별을 못하는 사람이다. 그런 사람에게 어찌 큰일을 맡길 수 있겠는가. 일의 성과는 일하는 사람의 머리가 아닌 내면으로부터 나온다. 더러움을 보고도 못 본 체하는 사람이 업무인들 적극적으로 할 것인가. 청소를 잘하는 사람이 성격도 칠칠하다.

아침에 일어나서 청소부터 해보자. 청소는 마음을 맑게 하고 긍정의 힘을 키워준다. 자신감을 심어 주고 호연지기를 길러준다. 앞장서서 청소를 하면 내 운명이 바뀌고, 이웃의 운명까지 변화된다. 쓸모없는 것은 버리고, 흩어진 것은 정돈하고, 부서진 곳은 고치면서 남의 대문 앞까지 쓱싹쓱싹 청소를 해보자. 보이는 곳만

치우지 말고 숨겨진 곳까지 들추어내어 말끔히 지워보자. 새 희망이 용솟음칠 것이다.

나는 지금도 사무실 청소를 직접 한다. 사장이 청소하면 품위가 손상된다고 말리는 분들도 있다. 누가 청소를 비천한 자의 일이라 여기는가? 인간의 귀천은 일에 있지 않고, 일하는 사람의 의식에 달려 있다. 사장이 청소를 하는 그 순간 청소는 천한 자의 일에서 고귀한 자의 일이 된다. 청소는 결코 천한 사람의 일이 아니다.

경험에 의하면 작은 일이든 큰일이든 매사를 바르게 처리하려는 의지가 강한 사람일수록 주변의 더러움을 보면 적극적으로 청소한다. 청소하려는 마음은 더러움에 맞닥뜨려 참지 못하는 마음이다. 잘못된 허물을 고치고 새롭게 시작해보려는 변화된 마음이다. 청소를 하고 나면 마음이 흐뭇해지고 기뻐지는 것은 바로 이런 새 마음 때문이다. 청소는 스스로 자기 삶에 주인 됨을 깨우친 사람만이 할 수 있는 고도의 영적인 운동이다. 자신을 희생하여 남을 기쁘게 하려는 사람이, 잘못된 폐습을 고치려는 개혁 의지가 강한 사람이 청소를 잘한다.

신문을 보면 수단과 방법을 가리지 않고 한탕을 한 후, 손 씻고 살겠다는 생각을 가진 부정한 인간들의 기사로 가득하다. 세상을 더럽혀 놓고 남들이 애써 청소해 놓은 곳으로 가서 거들먹거리며 살겠다는 수작들이다.

봄을 맞아 사무실 대청소를 시작해 보는데 이런 것들까지 몽땅 쓸어내 버리고 싶어진다. 삼층 복도에서 일층을 향해 좍 한 동이 물을 쏟으니 계단에 끼인 묵은 먼지들이 시원스럽게 씻겨 내려간다. 청소를 하면서 콧노래를 부르는 사람과 더불어 일하고 싶다. 그런 사람과 함께 일하면 저절로 신명이 날 것이다.

46

나마스떼

무더위를 피하려고 팔공산 수태골로 갔습니다. 개울 옆에 자리를 펴고 책을 읽고 있었습니다. 성철 스님의 법어집인 〈영원한 자유의 길〉입니다. 좀 있으려니 고등학교 1학년 쯤 되어 보이는 남녀 학생 한 무리가 올라오더니 옆의 사람은 안중에도 없이 물속에 들어가서 시끄럽게 물장난을 하였습니다. 물방울이 튀어 독서하는데 방해가 되기에 그만하라고 나무랐습니다. 남학생 두어 녀석이 흘끔거리더니만 위쪽으로 올라갔습니다. 그러자 반반하게 생긴 여학생 하나가 입에 담지도 못할 상스런 말로 악을 쓰며 그 남학생을 부르더니 같이 위쪽으로 올라가더군요. 남학생은 그녀의 욕설에 기가 눌려 멈칫거리며 따라갔습니다.

잠시 후 그 맑은 계곡에서 담배 냄새가 나기에 위쪽을 쳐다보니 아까 그 여학생이 담배를 꼬나물고 내 쪽을 노려보고 있는 게 아닙니까. 눈에서 살기가 번득였고 아니꼽다는 표정이 역력했습니다. 어린 여학생이 담배를 피우는 것은 담배 맛을 알아서가 아닐 것입니다. 반항하고 싶은 것입니다. 반항해야 할 참 대상이 누구인지도 모른 채 자신의 에너지를 소모시키고 있는 것입니다. 누가 그 어린 여학생에게 이유 없는 반항으로 자신을 불태우라고 시켰을까요? 아무도 그리 시킨 사람이 없다고요? 내 눈에는 그 여학생의 영혼이 악령에 사로잡혀 있는 것이 똑똑히 보였습니다.

반항하는 제자들의 기를 꺾으려고 몽둥이를 드는 선생님들이 종종 계십니다만 결코 그를 이길 수가 없다는 것을 말씀드립니다. 학생을 조종하는 것은 학생의 마음이 아니라 그를 지배하고 있는 사악한 영이기 때문입니다. 그 학생에게서 악령을 떼어내 버리지 않고서는 어떠한 물리력으로도 바른 길로 인도 할 수 없을 것입니다. 정말 악령이 눈에 보이는가 묻고 싶지요?

눈 내리는 날 밤 부엉이 세 마리가 오순도순 모여 있는 부엉이 마을에 대한 그림을 보고 있다고 합시다. 그 그림에서 당신은 부엉이를 봅니까, 아니면 그림이 전해주는 포근한 느낌을 봅니까? 당연히 부엉이를 통해 전해오는 느낌을 보지요. 보이는 것들에게 마음을 빼앗기지 마세요. 보이는 세상은 보이지 않는 세상의 그림자에 불과하답니다. 그대의 운명은 그대 밖에 있는 존재인 어떤 특별한 신이 이끄는 것이 아니라 그대 안에 있는 그대의 신이 인도한답니다.

신의 도구로 써 주실 것을 기도하며 매달리던 때가 있었습니다. 그 응답으로 음성을 들려주시든지, 병자를 낫게 하는 능력을 주시든지, 미래를 예언하는 능력을 주시든지, 수천수만의 무리를 신께로 인도하는 능력을 주시든지 해달라고 졸랐습니다. 그 부르짖음 속에서 나는 내 마음에서 일어나는 소리를 듣고 있었지만 그건 내 스스로가 지어내는 소리일 뿐 신의 소리가 아니라고 애써 무시했습니다. 신의 소리는 우레처럼 하늘 위에서 들려야 한다고 알았기 때문입니다. 지금도 그 옛날의 나처럼 신이란 그렇게 외부로부터 초능력을 주시는 분으로 알고 있는 사람들이 많을 것입니다.

나는 지금까지 하늘에서 나는 신의 소리를 들어보지 못했습니다. 그러나 내 마음속에는 늘 내가 아닌 또 다른 누군가가 있었습니다. 지금까지 그와 수도 없는 대화를 나누었습니다. 밥을 먹을 때도, 길을 걸을 때도, 책을 읽을 때도, 일을 할 때도, 그는 나와 동행하였으며 내가 지닌 궁금증에 대해서 성실하게 답변을 해주었습니다. 그가 주는 답에 확신이 가지 않으면 질문에 질문을 거듭해댔습니다. 그는 나의 그 성가신 질문 공세에 조금도 귀찮아하지 않고 답을 해주었습니다.

나는 지금까지 그가 누군지에 대한 의식 자체가 없었습니다. 내가 그고, 그가 곧 나인 것으로 알았습니다. 그로부터 세월이 한참 흐른 지금, 내 나이 쉰여섯에 이른 지금 나는 '그는 내가 아니라 내 안에 거하는 신'이라는 생각을 하게 되었습니다. 그 말고 다른 어느 누구도 내 인생의 여정에 바른 답을 준 적이 없었기 때문입니다.

그런데 돌이켜 보면 내 마음 속에는 이처럼 나를 바른 길로만 이끈 신만이 존재한 것은 아니었습니다. 질투하라, 증오하라, 훔치라, 간음하라, 유혹하라, 빼앗으라, 싸우라, 반항하라, 저주하라, 속이라고 부추기는 신들도 있었습니다. 나는 이 신들을 바른 신과 구별하기 위해서 나쁜 신이라고 이름 짓겠습니다. 이상하게도 나쁜 신이 말을 걸기 시작하면 나는 의심의 기능이 마비되어 버립니다. 한마디의 질문도 던지지 못하고 그가 시키는 대로 그냥 따라가 버립니다. 간혹 질문을 던지기도 하지만 그건 질문이 아니라 핑계거리를 구하는 것이었습니다. 나쁜 신은 그런 내 마음을 꿰뚫어보고 늘 기막힌 핑계거리를 찾아 주었습니다. 그가 나쁜 신인지 어떻게 아느냐고요? 그를 따라가면 필히 나중에는 후회를 하기 때문입니다.

내 마음 속에는 이렇게 나쁜 신과 바른 신이 공존합니다. 그 두 신들은 서로가 나를 자기 사람으로 만들려고 애를 쓰는 것 같습니다. 내가 나쁜 신을 따라가면 바른 신은 한없는 탄식으로 슬퍼합니다. 내가 바른 신을 따라가면 나쁜 신은 끝없이 달콤한 말로 나를 유혹합니다. 나이가 주는 선물인지는 모르지만, 내 삶은 이제 바른 신이 나쁜 신을 누르며 살고 있음을 확신합니다. 달콤한 말이 더 이상 나를 유혹하지 못하기 때문입니다.

교회나 절이나 사원에 가서 신을 찾지 마세요. 신은 교회나 절에 있는 것이 아니라 우리의 내면 깊숙이 존재합니다. 신을 만나고 싶으면 자기 내면을 응시하세요. 그리고 그분에게 그대가 정말 궁금하게 여기는 것을 물으세요. 당신의 물음이 진지하다면 그분께서도 진지하게 길을 열어 보여 주실 것입니다. 그리고 길을 보여 주더라도 끝없이 의심하고, 그 의심이 풀어질 때까지 되물으세요. 더 이상 물을 것이 없을 때까지, 그대가 완전히 이해될 때까지 되물으시길 바랍니다.

그대는 아직 그분을 잘 모름으로 마음에서 일어나는 잡념 따위를 그분의 소리인 것으로 착각할 수가 있으니 정말 그분의 소리인지 의심하고 또 의심해야 합니다. 더 이상의 의심이 없어질 때, 마음속에서 그대의 갈 길을 계시하시는 분과 완전한 소통을 이룰 때, 그대는 무슨 일을 하든지 넘어지지 않게 될 것입니다.

마음 바깥에서 꿈을 찾지 마시고 그대 밖에서 증오의 대상을 찾지 마세요. 파랑새는 그대 마음속에 있고, 그대가 미워하는 대상은 타인이 아니라 그대 자신입니다. 그대 내면을 응시하세요. 그대 마음속에 있는 바른 신이 그대에게 알려주는 길을 따라 당당하게 걸으세요. 바른 신을 섬겨 그와 완벽한 소통을 이루도록 시

시때때로 자신의 내면을 응시하세요. 영안이 열리면 나쁜 신이 물러가고 감춰진 새로운 세계, 한 없이 크고 넓은 바른 세계가 보일 것입니다.

나는 머지않아 내 몸에서 나쁜 신이 완전히 떠날 것을 확신합니다. 나쁜 신은 자신이 유혹할 수 없는 사람의 몸에서는 살 수 없기 때문입니다. 바른 신이 바라는 세상은 부엉이 마을에서 우리가 보는 것처럼 평화와 사랑이 가득한 거룩한 세상입니다. 나와 우리는 모두 그런 세상에서 살기를 꿈꿉니다.

47
닭

'닭대가리'라는 말을 만든 최초의 인간은 누구인가? 그는 닭을 본적이 없든가 닭과 깊은 원한이 있는 사람이리라.

닭은 여느 조류들과는 다른 족속이다. 붉은 벼슬, 윤기가 흐르는 갈기, 두려움을 모르는 동그란 눈, 삼지창 같은 발톱을 한 우리집 수탉에게는 뭇 동물들을 압도하는 당당함이 있었다.

대저 먹이 앞에서는 형제간이나 부자지간에도 물어뜯고 싸우는 게 대부분인데, 녀석에게는 그런 욕심이 없었다. 두엄을 파헤치다 지렁이나 굼벵이 같은 맛난 먹이를 발견하면 낮은 음성으로 "꼬꼬꼬꼬" 하며 암탉들을 불렀다. 그러면 서너 걸음 떨어진 곳에서 먹이를 찾던 암탉들이 쪼르르 달려와서는 냉큼 먹곤 하였는데, 녀석은 그런 암탉이 귀여운 듯 날개를 세워 타다닥 타닥거리며 암탉 옆을 맴돌았다. 공맹의 도를 몰라도 암탉들 앞에서 게걸스레 먹이를 쪼아 먹는 법이 없었고 늘 위풍당당하였다. 녀석은 가끔

광 안의 쌀독을 침범하는 대담함도 보였는데, 내가 빗자루를 들고 쫓아가도 강아지처럼 깨갱거리지 않고 종종 걸음으로 달아나며 수컷의 체면을 잃지 않았다. 보릿짚볏가리에 올라가 목을 길게 빼고 홰를 치며 울 때는 넓은 마당의 오후가 녀석의 힘으로 평온이 유지되는 듯 보였다.

여러 마리의 암탉들을 혼자 거느리고도 다투지 않도록 하는 능력은 순전히 먹이 앞에서 의연함을 잃지 않는 녀석의 그런 고결한 닭격(?) 때문일 것이다.

대게 암컷들 앞에서 우쭐거리는 수컷들의 과시는 허풍이 대부분인데, 녀석의 용맹은 결코 허풍이 아니었다. 족제비가 나타나면 양 날개를 퍼덕이며 발톱을 세워 달려들어 퇴치하였고, 옆집의 수탉이 담을 넘어오면 사정없이 부리로 쪼아 쫓아 버리기도 하였다. 멋모르고 이웃집 수탉을 쫄랑쫄랑 따라 나선 철없는 암탉이 보이면 벼슬을 물고 올라타고는 짓눌러서 두 번 다시 변심을 못하게 만들었다. 아무튼 녀석은 자기 울타리 영역 안에서 암탉들을 먹이고 지키는 것을 역사적 사명인 양 여기고 있었다.

나는 해질 무렵이면 광에서 보리쌀이나 호밀을 퍼내어 모이로 주곤 했다. 마당에다 곡식을 뿌리며 "구구―"하고 부르면 암탉들은 날개를 파닥이며 잽싸게 달려와 쪼아 먹었지만, 녀석은 뚜벅뚜벅 걸어와서는 한 두어 번 툭툭 주워 먹는 게 고작이었다. 모이를 얻어먹으면서도 내게 아부하는 법이 없었고, 늘 목을 고추 세우고는 '보리알 몇 개로 암탉들을 유혹하여 가지는 않을까' 하는 눈초리를 보내며 나를 경계하고 있었다. 녀석의 사전에는 교활이나 비굴이란 단어가 아예 없었다. 나는 녀석의 그런 모습에 반하였지만 그는 조금도 내게 마음을 주지 않았다.

녀석이 세상을 떠난 것은 할머니 제사 때였다. 알 잘 낳는 암탉이 아깝다고 어머니께서 그 놈을 잡아서 젯상에 올린 것이었다. 나는 녀석이 없어진 것을 매우 아쉬워하였는데, 아무튼 녀석은 죽어서까지 나의 절을 받는 가장 영광스런 자리에 올랐다.

녀석이 사라지자 옆집 수탉이 우리 집 암탉들을 독차지하였다. 그것도 모자라 초가지붕을 파헤쳐서 엉망으로 만들어 놓았다. 이런 괘씸한…. 나는 지구 끝까지 따라가서라도 놈을 잡고야 말겠다는 마음으로 작대기를 들고 뒤란으로, 탱자나무 울타리 개구멍으로 코에서 단내가 날 때까지 녀석을 따라 다녔다. 녀석을 놓친 나는 우리 집 암탉들이 괘씸한 생각이 들었다. 아무리 뭘 모르는 '닭대가리'라지만 수탉이 죽고 며칠이나 지났다고 옆집 수탉을 따라다닌단 말인가. 성질대로 하면 전부 잡아서 국을 끓여 먹고 싶었지만 그러는 나도 매일 하나씩 낳는 계란의 매끄럽고도 따끈한 촉감을 포기할 수는 없었다.

나는 학교가 끝나면 책보를 벗어 놓고 툇마루에 앉아 먼 산을 보는 척하며 옆집 수탉이 담을 넘어 오지 못하도록 감시하고 있었다. 그것은 순전히 우리 집 수탉이 해야 할 몫이었지만 녀석이 죽어버린 터라 내가 그 몫을 대신했던 것이다. 옆집 수탉은 호시탐탐 우리 집 마당을 넘보며 내가 집에 있는지 눈치를 살폈다.

어느 날인가부터 제자리에 있어야 할 계란이 하나씩 부족하였다. 암탉 한 마리가 다른 곳에서 알을 낳는 게 틀림없었다. 암탉이 알을 낳을 때가 되면 걀걀거리면서 알자리를 찾는다. 대부분의 닭들은 디딜방아가 있는 헛간에 매달아 놓은 둥지에 올라가서 알을 낳는데, 어떤 녀석은 꼭 숨바꼭질하듯 은밀한 장소에 숨어서 알을 낳았다. 그런 으슥한 곳에다 알을 낳으면 계란을 찾기가 아주 어렵다.

닭이 알을 낳을 때는 알자리에 들어가서 한 시간 정도 기운을 쓰며 웅크린다. 그러다 알이 몸 밖으로 쑥 빠져 나오면 둥지에서 날아 내리며 꼬꼬댁 거리는데 이때가 알을 찾을 절호의 기회다.

뒤란 처마 밑 짚동가리 위에서 알을 낳는가보다. 지게를 받치고서 그 위를 타고 처마 밑으로 기어들어갔다. 계란이 소복이 쌓여 있었다. 몽땅 소쿠리에 담아 내렸다. 암탉은 얼마동안 더 그곳에다 알을 낳더니 어느 날부터는 아예 둥지에서 내려오지 않고 꿈쩍을 않고 있었다. 내가 다가가면 몸을 부풀리면서 금방이라도 달려들 것처럼 노려보았다. 수탉보다 더 무서웠다. 어머니께 알렸다.

어머니는 암탉을 잡아내려 짚으로 만든 둥우리 안에다 넣고 모아 둔 계란 스무 남은 개를 더 넣어 주었다. 암탉은 종일 그 속에만 들어 앉아 있었다. 물을 먹거나 운동을 하기 위해서 잠시 날아 내리는 일 말고는 비좁은 둥지 안에서 꼼짝도 않고 웅크리고 있었다. 가까이 가면 쪼을 듯이 무서운 소리를 내곤 했다.

봄이 따스한 어느 날, 둥지 안에서 병아리 소리가 들렸다. 노란 병아리가 십 수 마리 태어났다. 알록달록 한 놈도 있고, 까만 놈도 있었다. 귀여워 손을 대면 몸을 크게 부풀린 어미 닭이 사납게 달려들었다. 자기가 낳은 알이 아니라도 제가 품은 병아리는 전부 제 자식으로 보듬고 있었다.

48

깨어나라, 황소야!

'새해 증시 기분 좋은 황소걸음'이란 기사가 신년의 제호를 장식한다. 코스닥 지수가 57.5P 상승하여 1,157.40포인트라는 것이다. 그런데 한 쪽에서는 환율이 61.50원 상승하여 1,321원이란다. 작년에 주가가 반 토막 난 사람들은 오르는 주식시장에 안도할 것이지만 주가가 오른다고 좋아 할 일만은 아니다. 금융자본주의의 속성을 모르면 우리 경제는 또다시 황소처럼 일만 하고 돈은 외국으로 다 빠져나가 버리는 우를 범하게 될 것이다.

지금 환율이 1달러 당 1,500원이고, 주가지수가 1,000포인트라고 하자. 그리고 금년 한해 우리 기업들이 구조 조정을 하고, 황소 같이 부지런히 일하여 1년 후 100억 불 이상의 무역흑자를 달성하고, 주가지수는 1500포인트로 50% 상승하고, 환율은 안정을 찾아 1달러 당 1,000원이 된다고 하자. 지금 한국의 금융시장에 1억 달러를 투자하는 외국인이 일 년 후 가져가는 돈은 (1억 달러×1,500원)×150%÷1,000 = 2억2천 5백 달러가 되는 것이다. 그때가 되면 우리 경제는 또 한 번 파국을 맞을 것이다. 대중들은 경제에도 '가속도의 원리'가 있다는 것을 모른다. 경제에도 가속도가 있어 추락할 때는 실제보다 더 추락하고, 오를 때는 실제보다 더 올라가는 것이다. 환율이 계속 오를 것이라고 예측하는 것은 외화 부족 국가들의 공통된 심리다. 정부는 더 많은 외화가 들어와 환율을 낮춰주길 고대한다. 이 심리가 금융독점자본의 표적이 된다. 고환율 아래 저평가된 주식시장은 투기자본의 유입으로 추락속도가 멈추는 중인데도 가속도 원리 때문에 더 빠른 속도로 추락하는 것으로 보여 불안을 느낀 개미들이 투매에 나서게 된다. 바로 그 타이밍에서 우리의 금융시장은 국제금융자본의 먹잇감이 된다.

어릴 때 친구들과 산에 가서 소를 풀어 놓고 먹이다가 심심하면 산소 앞의 좌판에다 '곤놀이' 판을 그리고 '곤놀이' 장기를 두던 생각이 난다. 이리 움직여도 '곤'이고 저리 움직여도 '곤'이다. 곤놀이 게임에서 지면 산꼭대기까지 올라가서 소를 찾아 몰고 내와야 한다. 양곤 패에 걸리면 꼼짝없이 지고 만다.

우리 경제는 지금 곤놀이 패에서 벗어날 생각부터 해야 한다. 금융시장이 개방된 나라는 세계 거대금융자본의 자금 흐름을 철저히 관찰하여 자본 시장에다 수시로 경고음을 발하여야 한다.

환율이 출렁거리지 않도록 해야 실물경제가 파괴되지 않는 것이다. 금융독점자본주의와의 경쟁은 황소처럼 일만 한다고 되는 게 아닌데도 언론은 선량한 백성들을 상대로 기축년 희망가만 부르고 있다. 대중이 모른다고 지표만 좋아지면 잘되고 있다고 선전을 해 대는 꼴이 꼭 IMF때와 같다. 네모난 수박처럼 개인의 힘으로 어찌하지 못하는 틀이 거시경제에 있다. 그 틀을 읽어내고 힘을 길러서 그 틀에서 벗어나야 한다.

올해는 소띠 해다. 죽으라고 일만 하지 말고 깨어나라, 황소야!

| 5부 |

단풍잎을 띄우며

착한 사람 악한 사람이란 본래 없음에도

인간은 죽을 때까지

착한 사람으로 인정받으려고 애를 쓴다.

착한 사람이 되려하지 말고

깨우치려고 해야 한다.

49

파블로프의 개

　인간은 육(肉)과 혼(魂)으로 된 동물이고, 영(靈)의 지배를 받는 동물입니다. 나는 깨우침과 관련하여 글을 쓰다가 영(靈)의 세계에 대하여 관심을 갖게 되었습니다. 대부분의 사람들은 마음이 우리 몸을 지배한다고 생각합니다. 이때 말하는 마음이란 혼(魂)의 다른 말입니다. 몸은 혼이 지배하고 그 혼을 지배하는 또 다른 무엇이 있는데 그게 바로 영(靈)입니다. 사람이 참 행복을 얻고자 한다면 영적인 세계에 대한 이해와 깨우침이 있어야 합니다.

　러시아의 생리학자 파블로프가 개를 가지고 실험을 했습니다. 밥을 줄 때마다 종소리를 들려주면 나중에는 종소리만 들려주어도 개가 침을 흘린다는 것을 밝힌 실험입니다. 나는 파블로프의 개를 통해 영과 육과 혼의 관계와 깨우침과 어리석음, 성령과 악령 그리고 이성이 무엇인가에 대해서 말하고자 합니다.

　실험 대상인 개는 깨우치지 못한 어리석은 상태의 인간이고,

실험자는 인간의 혼(마음)을 조종하려는 영(靈)입니다. 밥은 인간이 탐을 내는 원초적인 욕구이고, 실험자가 밥을 줄 때마다 종소리를 들려주는 것은 욕구충족 안에 몰래 끼워 넣은 의도된 조작입니다. 개는 깨우치지 못한 상태에 있음으로 의도된 조작을 알지 못하고 종소리를 진리로 받아들입니다. 이때 개가 종소리와 밥의 상관관계를 습득한 것은 지식일 뿐입니다. 개는 습득된 지식을 참인 줄 알고 자기 내면 깊숙이 저장합니다.

나는 이것을 분별되지 못한 학습이라고 합니다. 무슨 내용이든지 반복해서 학습되면 개나 사람이나 지식이 이끄는 대로 행동합니다. 밥을 주지 않아도 개가 종소리에 침을 흘리는 것은 개의 혼이 학습된 지식에 홀려서 자신이 조작되고 있음을 알지 못하기 때문입니다. 무지몽매란 바로 이러한 상태를 두고 하는 말입니다. 여기까지가 파블로프의 1차적 실험이야기이고 다음은 2차적 실험이야기입니다.

2차적 실험자는 이제부터 개에게 종소리를 들려주면서 밥을 주지 않습니다. 종소리만 듣고도 침을 흘리던 개가 계속 밥을 주지 않으니 더 이상 종소리에 반응하지 않게 됩니다. 새로운 학습으로 개가 종소리와 밥은 아무런 상관관계가 없다는 것을 알게 된 것입니다. 이때의 앎도 깨우침이 아니고 단지 자신의 오류를 수정하는 데 불과한 지식입니다. 개는 아직도 자기가 실험당하고 있다는 사실을 알지 못합니다. 더구나 자신이 왜 전에는 종소리에 침을 흘렸다가 지금은 그렇지 않은지 의심을 하지도 않습니다. 깨달음으로 가는 첫 걸음은 이 시점에서 우리가 어떤 태도를 취하느냐에 달려 있습니다. 바로 이 지점이 이성(理性)이 눈을 뜨는 지점이기 때문입니다.

파블로프의 개는 2차적 실험 후에도 자신을 돌아보지 못하지만 인간은 이성이 눈을 뜨면서 왜 내가 전에는 종소리를 듣고 침을 흘리다가 이제는 종소리를 들어도 아무렇지가 않은가 하는 의문을 가지고 그걸 밝히려는 노력을 하게 됩니다. 그게 바로 인간이 동물과 다른 점이고, 우리는 그걸 인간만이 지니고 있는 이성(理性)이라고 합니다.

이성은 영적인 세계를 분별하는 중요한 도구입니다. 인간은 이 도구를 적극적으로 사용해야 합니다. 우리가 이성에 의지하지 않으면 결코 바른 영, 진리의 영, 곧 성령을 만나지 못합니다. 끊임없이 의심하고 밝히면서 더 이상 의심할 수 없는 곳에 다다르는 이성의 작용을 통하여 우리의 혼이 영에 붙들려 지배당하고 있음을 알게 되고, 성령과 악령이 있음도 알게 됩니다.

우리의 이성을 일깨워 행복한 길로 가게 해 주려는 영은 성령이고, 우리의 이성이 깨어나는 것을 방해하고 우리의 영혼을 조종하여 자기 목적을 이루려는 영은 악령입니다. 어떤 이가 하나님이나 부처님, 인류의 이름을 앞세우더라도 사람들 앞에서 자기 영광을 취하려는 자는 그 영혼이 악령에 팔려버린 자입니다.

　이성이 눈을 뜨기 시작하면 영들의 전쟁이 벌어집니다. 우리가 깨우침을 얻으면 우리 마음에서 악령은 추방됩니다. 깃들 곳을 잃을 처지에 놓인 악령은 우리의 이성을 마비시켜서 깨우침에 이르지 못하게 하려고 끊임없이 유혹합니다. 그 반면에 성령은 우리의 이성이 더욱 빛을 발하여 악령을 몰아 낼 수 있도록 바른 가르침을 전하려고 애를 씁니다. 그 지점에서 우리의 마음은 악령과 성령의 전쟁터가 되어 성령을 따를까 악령을 따를까하는 문제로 심각한 갈등에 빠지게 됩니다. 갈등은 바른 길을 찾아내려는 마음 작용의 다른 표현입니다. 갈등을 이겨내고 깨우침으로 가는 길은, 행동으로 옮기기 전에 선인들의 가르침을 회상하여 무엇이 진리인지 사유하여 참이 아닌 것을 하나하나 타파해 나가는 길뿐입니다. 사유를 멈추면 이성이 빛을 잃으니 그가 설혹 만 권의 독서를 하고 경전이란 경전을 죄다 줄줄 외우더라도 깨우침에 이르지 못합니다.

　이성이 눈을 뜰 때 사탕발림의 칭찬을 많이 하면 인간을 망치게 됩니다. 칭찬은 고래도 춤추게 한다는 말이 있는데, 이는 영혼을 조작하려는 자가 쓰는 방편이자 술수입니다. 자유인은 깨우침을 얻어 스스로 기뻐하고 춤을 춥니다. 남의 칭찬에 우쭐하여 춤을

추는 영혼은 자유인이 아닙니다. 이성이 눈을 뜰 때는 좋은 스승, 좋은 도반을 만나야 바른 깨우침을 얻게 됩니다. 어미닭이 달걀을 품어 스무하루가 지나면 그 속에서 병아리가 나옵니다. 마지막까지 부화되지 못하고 남는 계란이 서 너 개 있는데, 그걸 깨어보면 어떤 것은 삭아서 죽어 있고 어떤 것은 깃털까지 생긴 것이 껍질에 쌓여 죽어 있습니다. 삭은 계란은 우리의 이성이 무지몽매한 상태 그대로임을 말하는 것이고, 깃털이 나다가 죽은 것은 깨우침의 길로 나아갔지만 근기가 약해서 중도에서 포기한 것을 말합니다.

달걀 속의 병아리가 깨우침을 얻어 밖으로 나오려고 안에서 쪼는 소리가 들리면 어미 닭이 밖에서 도와 병아리가 껍질을 깨고 밖으로 나오도록 함께 껍질을 쪼는 행위를 하는데, 이걸 줄탁동시(啐啄同時)라고 합니다. 깨우침의 경지를 이해하기 쉽도록 표현한 말인데, 나는 이것을 부활, 해탈, 대오각성과 같은 의미라고 생각합니다.

창세 이래로 지금까지 악령은 달콤한 말로 때로는 불안감을 증폭시키는 방법으로 우리의 혼을 지배하려고 해 왔고, 성령은 어미 닭처럼 말없는 탄식과 성스러움으로 우리를 깨우침의 길로 인도하려 해 왔습니다. 성령과 악령의 싸움에서 인간의 운명은 그가 어느 쪽을 선택하느냐로 갈라집니다. 우리가 악령을 따르면 성령은 우리 마음에서 떠납니다. 반면에 우리가 깨우침에 이르면 성령과 악령이 구분되어 악령이 더 이상 우리 혼백에 숨어 있지 못하게 됨으로 우리는 저절로 천국(진리, 깨우침의 세계, 부활의 세계)으로 들어가게 됩니다. 모든 인간은 악령의 유혹과 성령의 가르침 앞에서 어느 길을 선택할 것인지 스스로 결정해야 합니다. 그게 바로 자유의지(自由意志)입니다.

예수께서 가르침을 펼치시기 전에 사탄에 의해 광야로 이끌려 나가서 천하만국의 권세를 줄 테니 영혼을 팔라는 제안을 받습니다. 여기서 예수가 "사탄아 물러가라!"며 단호하게 "노(no)"라고 한 이것이 자유의지입니다. 예수가 유혹을 물리치니 사탄이 물러가서는 다시는 예수에게로 오지 않았다 합니다. 진리는 사탕발림으로 유혹되지 않는다는 것을 사탄도 아는 것입니다.

착한 사람, 악한 사람이란 본래 없음에도 인간은 죽을 때까지 착한 사람으로 인정받으려고 애를 씁니다. 살인강도일지라도 그 앞에서 "너 나쁜 놈이다."고 하면 화를 내고 "너 그래도 괜찮은 놈이다."고 하면 좋아합니다. 어릴 때부터 가정이나 사회로부터 착한 사람이 되어야 한다는 교육을 받은 탓입니다. 잘못된 교육입니다. 착한 사람이 되려하지 말고 깨우치려고 애를 써야 합니다. 깨우치면 스스로의 힘으로 바른 길을 찾아 가게 됩니다.

우리의 혼백 속에는 성령과 악령이 공존합니다. 성령은 진리의 영인지라 오직 한 분뿐이며, 악령 곧 우리를 파멸시키려는 영은 거짓된 영인지라 그 수효는 헤아릴 수 없이 많습니다. 마음속에다 진리의 영을 모신 사람들끼리는 간단하게 소통이 되고 악령을 담은 사람들과는 전혀 소통이 되지 않는 이치도 바로 이 때문입니다.

누가 성령을 영접하고 싶어도 무엇이 성령인지 악령인지 구별이 되지 않으니 어찌해야 하는지 물었습니다. 파블로프의 종소리는 나를 유혹하는 소리일 수도 있고 나를 구원하는 소리일 수도 있습니다. 깨우치면 그 소리가 구분되어 보이고, 깨우치지 못하면 그 소리가 그 소리로 들려 세상이 왜 이 모양 이 꼴로 되어가는지를 알지 못합니다. 그 구분 방법은 아주 쉽습니다. 당신을 수단으로 여기는 영은 악령이고, 당신을 목적으로 여기는 영은 성령입니다. 성령은 참을 참이라고 말하고, 악령은 거짓을 참인양 말합니다.

처처에서 내가 성령이라고, 내가 진리의 영이라고 떠드는 소리가 넘칩니다. 나무는 그 열매를 보면 압니다. 깨어서 기다려 보면 악령은 반드시 본색을 드러내게 되니 소리를 따라가지 말고 깨어서 기다려보면 알 수가 있습니다.

내가 잠들어 있을 때 누군가가 내 머리 속에다 이상한 프로그램을 심어두어 그 다음날부터 내가 그들이 지시하는 대로 움직이게 된다면 이 세상이 어떻게 될까? 인간의 두뇌도 컴퓨터처럼 프로그램을 바꾸는 작업을 통해 조종할 수 있을까 하는 상상을 해 봅니다.

인간을 자기 마음대로 조종 통제하고 싶어 하는 자들은 뇌 과학을 통해서 이게 가능하다고 여깁니다. 왜 이런 생각까지 하는가 하면 인간에게 거짓 정보를 주어 자신들이 뜻하는 대로 움직이게 하려는 실례들이 삼국지만 읽어봐도 이루 헤아릴 수 없을 정도로 나오고, 현대의 머니게임 시장에서는 삼국지와는 비교도 되지 않을 정도로 영혼을 조작하려는 자들이 넘쳐나 있기 때문입니다.

인간들의 생각이 갈수록 사악해져 갑니다. 영혼을 조작하여 자기 목적을 이루려는 이런 사악함을 이기는 방법은 오로지 우리가 깨어나는 길 밖에는 없는데, 깨우침을 얻기가 참으로 어려운지라 마음이 갑갑하여지는 것입니다. 파블로프의 개가 실험자에 의해 계속 조작당하는 이유는 그가 조작당하고 있다는 것을 알지 못하기 때문입니다. 조작되고 있음을 알면 개도 실험자의 손에서 벗어나 깨우침에 이를 수 있을 것입니다.

50 | 바보 소리

풍선은 어째서 하늘에 뜹니까?
병아리는 어떻게 태어납니까?
아기는 어디로 나옵니까?
사람이 죽으면 어디로 갑니까?
부활이 뭡니까?
그리고 이제
도대체 문학성이란 뭡니까?

답변하기 곤란하거나 가르치는 선생도 모르거나 할 때
궁금한 게 많았던 아이는
발칙한 아이가 되고
외톨이가 되고
바람이 어디서 불어서 어디로 가는지 늘 궁금했던 아이는 마침내 바보가 됩니다.

그 바보가 마침내 말을 합니다.

그래서 세상의 참 소리, 바른 소리는 다 바보들의 입에서 나옵니다. 저 죽을 줄 모르는 바보가 바보스럽게 외칩니다.

그래서 난 바보가 좋습니다.

51 | 길 없는 길을 걸으며

　나의 허물을 남들이 알면 괴롭다. 그래서 우리는 본능적으로 자신을 감춘다. 독자들은 내 글 속에서 나의 솔직함을 보고자 한다. 자랑은 누구나 다 하는 것이고 그래도 수필가이니 진솔하게 자기의 참 모습을 드러내 주리라고 믿는다. 독자들은 내 글에서 내가 자신과 똑같은 인간임을 보고서 안도하고 좋아한다. 수필의 어려움이 여기에 있다. 작가가 자기 알몸을 미주알고주알 다 노출시키고 나면 독자들은 대리만족을 얻을지 모르지만 작가는 망가진다. 시나 소설에서 작가는 작중의 인물이 아니다. 독자들의 반응이 어떠할지라도, 심지어는 "그게 글이냐!"라는 혹평을 받을지라도 그 비평은 작가의 인격에 직접 꽂히는 화살이 아니다.

　수필을 쓰려고 용기를 내는 분들은 어렵게 자신의 지난 아픔을 토해 놓는다. 어느 누구에게도 말하지 않고 가슴 속에 숨겨 왔던 이야기들이다. 그런데 독자들은 그것을 문학으로서 읽지 않고 단

순히 작가의 과거로만 이해하고 값싼 동정을 늘어놓는다. 겨우 아문 상처에다 간장을 붓는 격이다. 얼마 가지 않아서 작가는 자신을 너무 많이 노출 시켰다는 것을 알게 된다. 심한 수다를 떨고 난 뒤의 허탈감과 같은 공허감에 사로잡히게 된다. 괜한 이야기를 썼다는 후회가 들기도 한다.

대부분의 수필가들이 여기쯤에서 절필을 하고 수필을 떠나게 된다. 그나마 수필계에 남는 작가들도 이제는 글 속에서 자신을 진솔하게 드러내지 않으려 한다. 자신을 감춘다. 그러면 바로 자기 자랑이나 한 글, 남을 가르치려는 글, 잘난 체 한 글, 교훈적인 글, 교묘하게 자신을 감춘 글이라는 비평의 화살이 날아온다. 글의 방향이 저절로 '자기 내면' '풍경' '고요' '사색' '자연'으로 옮겨가고 만다. 시인이나 소설가는 자신이 작중의 주인공이 아니니 현실세계에서는 술에 취해 비틀거리다가도 주옥같은 글을 쓸 수가 있지만, 수필가들은 그리하지 못한다. 작중의 인물과 현실의 인물이 다르게 보이면 이중인격자가 되기 때문이다.

수필을 감상할 때는 작가의 전기가 아닌 작가의 체험에서 얻어진 문학으로 이해해야 한다. 어떤 작가의 수필이든 수필을 평할 때도 그 글이 주는 문학적 가치, 즉 개인의 경험이 보편적인 가치로 승화되어 사회적 가치화가 되어 있는가에 대한 문학적 느낌을 평해야 한다. 시에 등장하는 '술집 작부'를 보고 시인이 노상 작부와 어울려 다니는 파락호라고 이해하지 않듯이 수필도 그렇게 읽어야 한다. 보여주고 싶지 않은 개인의 아픔을 문학을 위한 제물(소재)로 용기 있게 드러낸 동료 수필가들을 보호하고 격려해야 한다. 그들의 벗은 몸이 수치를 느끼지 않도록 내 저고리를 벗어서 가려줘야 한다.

교훈적이지 않고, 가르치지 않고, 자기 자랑하지 않고, 인격이 망가지지 않고, 과거가 무참하게 유린당하지 않고, 또 남에게 시비의 대상이 되지 않는 수필을 어떻게 쓸까. '길 없는 길'을 걷는 수필가들이 어느 성직자보다 거룩하다는 생각이 든다.

52 | 낙화

꽃이 진다. 우수수 진다. 비에 젖은 꽃잎들이 차창에 붙어서 길이 잘 보이지 않는다. 꽃잎들이 빗물에 떠내려간다. 화려했던 뒤 끝인지라 빗속의 낙화를 보는 일은 더 서글프다. 때가 지나니 배가 고프다. 모든 생각들이 배고픔으로 귀의한다. '먹어야 산다.'는 단순한 명제 앞에서 얼마나 더 많은 미사여구가 필요하더란 말인가. 갓바위 너머 암자에 가니 밥을 준다. 장아찌 몇 조각과 된장을 물에 푼 국 한 그릇이 전부다. 장아찌 한 조각만으로도 밥 한 그릇을 다 비운다. 소금보다 짜다. 모두들 맛이 없다고 한다.

'맛이 없다'

맛이 없다는 말을 몇 번 되뇌어 본다. 맛의 근원을 두고도 맛이 없다한다. 밥은 밥맛이면 되고, 소금은 소금 맛이면 되고, 꽃은 그냥 꽃이면 된다. 여기에다 다른 무엇을 더 섞으면 속이는 것이 된다.

꽃이 핀다.

봄이 오니 꽃이 핀다. 꽃에 다른 의미는 없다. 나무가 혼신의 힘을 다해 생명을 피워내면 꽃이 된다. 아름답다. 꽃이라서 아름다운 것이 아니라 혼신의 힘을 다해서 피니까 아름다운 것이다. 생명을 퍼뜨리는 일인데, 나무라고 어찌 온 힘을 다하지 않겠는가. 혼(魂)과 신(身)을 다하면 모두가 꽃이 된다.

꽃은 어디로부터 오는가. 빛으로부터 온다. 꽃도 사람도 나무도 존재하는 모든 것들은 빛으로부터 온다. 빛은 또 어디에서 오는가. 어둠으로부터 온다. 빛이 초중력으로 빨려 들어가면 무한 질량의 암흑이 된다. 끝 모르는 흑암은 모든 것들의 자궁이고 어머니다. 꽃은 그곳에서 온다. 그래서 꽃보다 어둠이 더 순수하다. 진정한 어둠이 진정한 순수다.

어둠이 내린다.

꽃을 보는 나는 이제 꽃 뒤에 숨은 어둠을 본다. 꽃은 어둠에서 순수를 길어 올려 생명을 잉태한다. 순수는 모든 사물의 본성이다. 구더기도 독사도 쥐새끼도, 존재하는 모든 것들은 예외 없이 순수하다. 누가 그들을 '어둠의 자식들'이라며 손가락질하는가. 누가 선악을 가리고, 누가 흑백을 가리고, 누가 시비를 가리는가.

그 판단의 기준은 누구의 입장에서 본 것인가?

비가 온다.

꽃들이 떠난다. 비가 오니 떠나는 게 아니라 제 할 일을 다 했으니 떠나는 것이다. 꽃의 할 일은 바람과 벌과 나비를 불러 그로써 생명을 잉태하는 일이다. 질척거리는 도로에 전조등 불빛이 비친다. 비로소 길이 바로 보인다. 내가 젖은 것인지 꽃이 젖은 것인지 관심 없는 낙화가 제 갈 길을 가고 있다. 순수로 와서 순수로 살다가 떠날 때는 미련 없이 깨끗하게 떠난다. 혼신을 다한 것들은 떠나는 모습마저도 아름답다.

"꽃!"이라고 소리 내어 발음하니 꼭 있어야 할 자리에 있어야 하는 것이 꽃이란 느낌이 든다.

53 | 내가 좋아하는 것들

나는 직선을 좋아한다. 학창시절에는 밥숟가락도 직각으로 든다는 사관학교를 동경했을 정도로 직선을 좋아한다. 나는 운전할 때도 직선으로 운전한다. 죽 가서 90도로 꺾어서 또 죽 가는 길을 선호한다. 질러가는 샛길이 있어도 그런 길로는 차를 몰지 않는다. 그래서 나는 다른 사람들보다 길눈이 어둡고, 모임장소 같은 곳을 잘 찾지 못하여 자주 약속시간에 늦고 만다.

나는 한여름 날 냉수에다 보리밥을 말아서 훌훌 먹는 것을 좋아한다. 깊은 우물물을 길어다가 식은 밥 한 덩이를 말고 잘 익은 살구빛깔이 도는 날된장에다 풋고추를 찍어 먹는 맛은 만한전석이 따라올 경지가 아니다.

나는 한 떼의 소녀들이 몰려가며 까르르 웃는 소리를 좋아한다. 그렇게 구김 없이 웃어 본 날이 언제였던가를 생각하며 길을 가다가도 한 참을 멈추어 서서 바라보기까지 한다. 그들의 웃음소리를 들으면 하늘이 한층 더 높아 보인다.

나는 일상의 업무를 상담할 때에 전화기 너머에서 들려오는 상냥한 목소리를 좋아한다. 그런 목소리는 젊은 여성인 경우가 대부분이지만 건강한 그 울림이 나를 신뢰한다는 마음으로 가득 차 있는 듯하여 묻지 않은 것까지도 친절하게 가르쳐 주고 싶어진다. 그런 목소리와 통화를 하고 나면 오늘 하루도 만사가 형통하리란 기대에 부풀게 된다.

나는 노(no)란 말보다 예스(yes)란 말을 좋아 한다. 만사 예스(yes), 막힌 곳 없이 예스(yes), 오 예스(Oh! yes). 이 얼마나 듣기에 좋은 말인가.

나는 말도 솔직 담백하게 하는 것을 좋아 한다. 좋으면 좋다, 싫으면 싫다고 하고 남이 표현하기를 기다리기보다는 내가 먼저 말하는 것을 좋아한다. 애매모호한 태도를 취하지 않고 내 의견을 서둘러 말하기를 좋아한다. 자기 생각을 늦게 말하는 것은 신중하다기보다는 계산적인 경우가 대부분이기 때문이다.

내가 가장 좋아하는 단어는 호연지기다. '호연지기'란 맑은 기운이 만들어 내는 진취적인 기상이다. 계곡의 물들이 한곳으로 모여 폭포수로 떨어지는 순수한 기백이다. 막힘이 없이 곧게 뻗은 시원시원함이다. 내 어찌 이 말을 좋아하지 않을 수 있으랴.

나는 과일 중에서 수박을 좋아한다. 둥글둥글 모가 나지 않은 모습도 모습이려니와 칼을 대면 '쫙'하고 쪼개지며 붉은 속을 다 드러내 보이는 파열음이 그렇게 좋을 수 없는 것이다(수박은 사실 아들이 나보다 더 좋아한다). 그 수박 한 조각을 입에 물고 대청에다 배를 깔고 뒹굴뒹굴 굴러보라. 살갗에 닿는 늙은 소나무 마루판의 촉감을 벗 삼아 한껏 게으름을 부려보라. 진시황제도 부럽지 않을 것이다.

나는 비개인 아침 숲길을 걷기 좋아한다. 태양이 늦잠에서 깨어날 때쯤이면 나뭇잎들은 물위로 뛰는 잉어처럼 싱싱하고 거미줄에 달린 물방울들은 보석보다 찬란할 것이다. 촉촉한 그 아침의 흙길을 초로의 아내와 손을 잡고 걸어보라. 얼굴에 와 닿는 선선한 바람이 지난날의 애환들을 깡그리 씻어내고 세상의 축복을 온통 내게로만 데려오고 있음이 느껴지리라. 그 길에서 걸음이 가벼워지지 않는다면 그대의 이름을 목석이라 불러야 하리라.

나는 장난치는 것을 좋아한다. 마음이 통하는 여인과 악수라도 할 때면 손바닥을 검지로 간질이기도 하고 한눈팔고 있으면 다가가 "벌레 봐라!"하며 놀래키기도 하는 것이다.

나는 또 통하는 친구들을 만나 막걸리 마시는 것을 좋아한다. 꾀죄죄한 세상사를 떠나 계곡의 너럭바위에다 자리를 깔고 큰 잔에다 수더분함을 가득 부어서 들이켜면 사내로 태어난 진정한 의미를 알게 된다. 술이 한 순배 거나해지면 화선지를 깔고 일필휘

지로 문심을 휘두르고 싶지만 붓글씨와 시문을 배우지 못했으니 이는 내 희망사항일 뿐이다.

나는 또 골프를 좋아한다. 아니 더 정확히 말해서 드라이버 치는 것을 좋아한다. 파란 잔디 위의 푸른 하늘을 향해 호쾌하게 뻗어가는 백구의 그 직진성을 좋아한다. 오비(아웃오브바운즈)가 나든, 스코어가 어떠하든 괘념치 않으니 티 박스에 서서 움츠려 들지 않는다. 빨랫줄처럼 곧게, 멀리, 그리고 한없이 뻗어나가는 공을 바라보고 있으면 내 운명도 그렇게 바로 날아갈 것 같은 기분이 든다.

그리고 놀이터에서 뛰노는 아이들의 소리, 시장에서 상인들이 "골라! 골라!"하며 외치는 소리, 매미 울음소리, 바람 소리, 새소리, 물소리 같은 살아 있는 것들이 만들어 내는 이런 소리들을 좋아한다. 직삼각형의 다른 두각의 합이 늘 $90°$ 이듯이, 변하면서도 변치 않는 그런 솔직함들을 나는 정말 좋아한다.

54
단풍잎을 띄우며

잊힌다는 것은 죽음보다도 두려운 일이다. 문협 카페에 올린 글 중 일정 기일이 지난 글들은 내리기로 했다. 사람들로부터 관심이 멀어진 내 글이 주인인 나에게까지 버림받은 것 같아서이다. 본문을 지우니 댓글까지 사라진다. 글 모음집 파일을 만들어서 그리로 옮긴다. 글을 쓰기 위해서 파일을 열면 그분들의 마음이 다시 살아난다.

나는 잊히지 않으려고 글을 쓴다. 글을 쓰면 외로운 마음이 사라지고 금세 행복해진다. 훗날 누군가가 내 책을 열고 내 모습을 떠올리며 공감할 것을 생각하니 쓰는 일 자체가 즐겁다. 즐겁지 않으면 이 고통을 감당하지 못한다. 수필의 실체를 초심자들이 이해하기 쉽도록 정의를 내린다는 것은 불가능한 일이다. 실체 없는 진실에다 마음을 빼앗기기보다는 오직 참된 글을 쓰겠다는 정신을 견지하고 꾸준히 글쓰기를 해 나간다면 언젠가는 참모습을 보게 되리라는 생각을 한다. 보지 못한다 하더라도 최선을 다했으니 결코 후회하지 않을 것이다. 진실했으면 되는 일 아닌가.

바른 글은 내 마음 뿐만 아니라 세상을 정화시키는 힘이 있다. 글을 쓰면 내가 글 속으로 들어가 책으로 갈무리 된다. 그리고 훗날 누군가가 책을 열고 내 글을 읽을 때 그 속에서 내가 부활한다. 예수도 톨스토이도 그렇게 부활한다. 그 외의 다른 부활이 있다면 나는 하나님께서 '참 나'로 부활시켜 주실 것을 소망한다. 대부분의 사람들은 자신이 떠난 후에 훌륭한 인간으로 기억되길 바란다. 훌륭하지 않은 사람일수록 더욱 더 그러하다. 수많은 역사적 기록들과 비석들이 날조의 유혹을 이기지 못한다. '훌륭한 모습의 나'와 '참 나'를 놓고 어느 쪽으로 부활할 것인가를 물으실 때에 나도 여인의 분 냄새 같은 그 유혹을 이기지 못할 듯하여 미리 여기에 적어 둔다.

내 글로 인하여 누군가가 마음을 다친다면 나는 잠을 이루지 못한다. 이 세상 어딘가의 단 한사람에게라도 도움이 되길 바라며 쓴 글이 또 다른 누군가에게는 아픔을 준다면 참으로 황망한 일이 아닌가. 퇴고하고 퇴고하여 걸러내지만 마음의 눈이 아직 어두우니 걸러 내지 못한 게 많이 있을 것이다. 그러나 가끔씩은 글 속에서라도 거침없는 소리를 하고 싶을 때가 있다. 그리고 나면 속은 시원하지만 뒤돌아서서 내가 한 일은 바가지에다 화풀이한 며느리처럼 부서진 내 마음을 다시 꿰매는 일이다.

글은 내 마음이다. 내 마음을 수리해 줄 사람은 결국 나밖에 없다. 마음을 소중히 여긴다면 부서지지 않도록 갈무리해야 하고, 부서지면 한 땀 한 땀 정성 들여 수리를 해야 한다. 사람은 누구나 자기가 보고 싶은 것만 보고, 듣고 싶은 것만 듣는다. 전부를 듣고 전체를 보았지만 원하지 않는 나머지들은 걸러내 버린다. 편견은 그렇게 형성된다. 온전함을 온전히 이해하지 않으려는 편견은 타인으로부터의 공격에 대비하여 만든 자기방어용 무기다. 생존본능이다. 거기다가 입바른 소리를 날리려는 내 마음은 참으로 바보다.

울릉도 나리 분지에서 용천수가 솟는 길로 내려오던 길에서 붉게 타는 단풍나무 한그루를 만났다. 금아가 내금강 단풍잎을 따서 노산에게 보냈더니 노산이 아름다운 시조를 한 수 지어 발표하였다 한다. 금아의 흉내를 내보려고 나도 단풍잎을 하나 땄지만 보낼 곳이 마땅찮았다. 동행하던 동료에게 그 말을 하였더니 요즈음은 귀신도 '선물은 현찰을 좋아한다고 한다. 혼자서 고상한 척한 것 같아 머쓱한 마음이 들었다. 지갑에 넣었다가 집에 와서 꺼내보니 수분이 증발되어 바스러지려한다. 그새 붉은 색이 바래지고 구겨진 흔적이 여기저기 자국으로 남았다. 맑은 물에 담갔다가 물기를 제거한 후 책갈피 속에 넣었다. 시조를 지을 줄 아는 문우를 만나면 그때 보낼 생각이었다.

최근 철 지난 그 단풍잎에 플라스틱 코팅을 입혀 K에게 보냈다. 붉은 색이 사라진 단풍잎을 보고 그는 어떤 시를 지을까? 내가 수필을 아주 잊었다고 여긴다면 단풍잎은 돌아올 것이다.

55 무지개

　태초부터 빛이 있었으나 사람들은 빛을 알지 못했습니다. 하늘은 빛을 알게 하려고 구름을 두어 어둠을 느끼게 했습니다. 그러나 그 어둠은 태초의 어둠이 아니었습니다. 구름 뒤에는 늘 빛이 있어서 사람들은 진정한 어둠도, 진정한 빛도 어떠한지 몰랐습니다. 하늘은 벼락을 내려 섬광을 보여 줬지만 사람들은 천둥소리에 놀라 숨어 버렸습니다. 빛을 두려워했습니다. 빛은 자신을 알리려고 스스로를 불태우다가 뜨거운 열기에 묻혀 버렸습니다. 열기를 식히려고 구름이 소나기가 되어 내렸습니다.

　비개인 하늘에 무지개가 나타났습니다. 사람들은 비로소 일곱 빛깔의 무지개가 빛인 줄 알았습니다. 축복이었습니다. 그러나 무지개는 근원의 빛이 아니었습니다. 눈이 타지 않고서도 볼 수 있도록, 놀라지 않고서도 알 수 있도록 하늘이 빛을 색으로 나누어서 잠시 보여 준 것이었습니다. 참 아름다웠습니다.

무지개를 본 아이는 무지개를 잡으려 달려갔지만 잡을 수가 없었습니다. 무지개는 다시 빛으로 사라졌습니다. 근원으로 사라졌습니다. 무지개가 사라지자 아이는 무지개를 그리려고 색을 만들었습니다. 색이 빛인 줄 알고 빛을 소망하며 색을 만들어갔습니다. 일곱에 일곱을 승하면서 자꾸 색을 만들어갔습니다. 이런 저런 여러 가지 색들을 만들었습니다. 그러다가 그만 색에 마음을 빼앗겨버렸습니다. 색이 다 모이자 바라던 빛은 나타나지 않고 깜깜한 어둠만이 나타났습니다. 빛인 줄 알고 만든 것은 결국 어둠이었습니다. 어둠에 빠진 아이는 더 이상의 색을 만들 수가 없었습니다.

사실 태초의 세상에는 빛보다 어둠이 먼저 있었습니다. 어둠에 대한 체험이 없이는 빛을 알 수가 없으니 빛을 보려는 사람들이 자꾸만 어둠의 자식이 되어 갔습니다. 빛을 보고 싶다면 어둠을 따르지 말고 무지개를 봐야 하는데도 말입니다.

무지개는 어둠의 세상에서 빛의 세상으로 우리를 인도하는 하늘이 놓아준 다리입니다. 무지개는 아무 때나 나타나지 않습니다. 추운 겨울에는 결코 나타나지 않습니다. 그대의 열정이 가슴을 다 살라버린 후, 모든 것이 절망이라 느껴질 그때 당신 앞에 아름답게 나타납니다. 무지개를 잡으려고 소만(小滿)의 보리밭을 한 없이 달렸던 아이는 이제 무지개를 그리지 않아도 빛이 무엇인지를 압니다.

빛은 곧 생명입니다. 빛이 하늘에 걸려 무지개로 비치듯이 빛이 땅으로 내려와 생명이 되었습니다. 모든 생명은 저마다의 빛깔로 태어납니다. 일곱에 일곱을 곱한 수만큼 수만 가지의 빛깔로 태어납니다. 빛깔은 살아 있는 것이고, 색깔은 죽은 것입니다. 색깔은 만들 수 있어도 빛깔은 만들 수가 없습니다.

봄이 오면 생명들이 저마다의 빛깔로 솟아납니다. 빛이 무지개로 나타났듯이 빛은 또 생명으로 나타납니다. 모든 생명은 빛의 자손이며 곧 빛입니다. 생명이 바로 축복이며 기적이고 찬양입니다. 이 땅에 다른 기적은 없습니다. 무지개가 빛으로 사라지듯이 생명이 있는 모든 것들은 다시 빛으로 돌아갑니다. 어른이 된 아이는 이제 빛 속에 있습니다.

빛과 생명은 다르지 않습니다. 당신과 나, 그리고 우리 모두는 빛입니다. 그래서 생명은 모두 거룩합니다. 허투로 다룰 일이 아닙니다. 그것을 알게 하려고 무지개가 떴습니다. 무지개는 땅에서 하늘로, 나에게서 너에게로, 무지에서 깨우침으로, 사망에서 생명으로 건너가는 다리입니다. 그래서 저리도 아름다운 것입니다.

56 겨울 비

겨울비가 온다. 환율 1,500원 돌파. 코스피 지수 1000포인트 붕괴. 상아탑은 대출탑. 다단계 4조원 대의 피해. 돈이 우리를 얼마나 춥게 하였으면 LPGA에서 우승한 신지애가 달러를 한 아름 안고 있는 사진이 저녁신문에 실렸을까.

비가 오면 우산을 씌워주던 까만 교복을 입은 과수원집 딸 정희가 생각난다. 다 찢어진 우산을 빈틈없이 꿰매어 돌려주던 부산 세관 여구과에 근무하던 마음가짐이 단정하던 아가씨도 생각난다. K선생으로부터 플라타너스 젖은 잎들이 춥지 않겠느냐는 메일이 왔다. 좀 더 세월이 지나서 내 마음에 비라도 내리는 날이면 나는 또 K선생이 생각날지 모르겠다.

같이 퇴근하던 J가 우산을 씌워준다. 나에게로 다 씌워주고 자기는 비를 맞으며 걷는다. 팔이 아플 것 같아서 내가 받아 쥐었다. 둘이 쓰는 우산은 늘 나보다 남을 더 많이 가려준다. 세월이 한참 더 지난 후 겨울비가 내리면 나는 또 J가 생각날지 모르겠다며 웃었다. 분홍빛 우산이 자그마하다. K도, J도, 신지애도 모두 작은 분들이다. 젖으면서 가려주는 우산 같은 분들이다.

57

無絃의 琴

　문학공부에 몰두해 있던 어느 날 신비한 악사 한분을 만났다. 나는 그분을 잘 알지 못하고, 그분 또한 세상에 알려진 분이 아니다. 나는 그가 타는 금의 소리에 끌려 자다가도 일어나 오도카니 혼자 앉아 있곤 했는데, 그가 금을 타면 소낙비가 내리는 듯, 시냇물에 달빛이 부서지는 듯, 때로는 소복한 여인이 흐느끼는 듯하다가 어떤 때는 정인의 손을 잡고 기화요초들이 만발한 정원을 거니는 듯하기도 했다.

　그런 날이 여러 번 되풀이 되자 나는 알 수 없는 힘에 이끌려 그분을 찾아 갔다. 달빛이 쏟아지는 초가집 툇마루에 늙은 노인 한분이 앉아 있었다. 노인의 손에는 아무런 악기도 들려 있지 않았다. 노인은 양반다리를 하고 소반 앞에 앉아 책을 보고 있었다. 사람의 기척을 들었는지 못 들었는지 책에서 눈을 떼지 않고 있었다. 으스스한 기분이 들어 큰 소리로 "어르신! 어르신!" 하며 불렀다. 노인이 비로소 고개를 돌려 나를 바라보았다. 음악 소리가 그쳤다. 나는 노인에게 물었다.

"금의 소리에 이끌려 여기까지 왔는데, 혹시 어르신께서 금을 연주하셨는지요?"

노인은 고개만 끄덕였다.

"그런데 금의 이름이 무엇인지요?"

노인은 내 얼굴을 물끄러미 보더니만 느닷없이 "자네는 금이 궁금하여 여기까지 왔는가?" 하고 되물었다. 달빛에 비치는 노인의 얼굴이 온화하고 거룩해 보여 나는 저절로 공손하게 답을 하였다.

"금의 소리에 끌려 저도 모르게 이리로 왔는데, 연주하는 분을 만나 한 곡조 가르침을 청하려고 하는 것입니다"

그러자 노인이 다시 되물었다.

"젊은이는 한 곡조를 배우는 일이 열 곡조를 배우는 일보다 훨씬 더 쉬울 것이라 여기는가?"

순간 나는 내 말의 실수를 깨닫고 아무 말도 못하고 그저 노인의 얼굴만 쳐다보았다. 잠시 시간이 흐르자 노인이 다시 입을 열었다.

"자네 학교에서 음계를 배웠는가?"

나는 얼떨결에 "도레미파솔라시도, 그 음계 말입니까?" 하고 되물었다. 노인은 내 말은 귓등으로 흘려버리고 계속 말을 이어갔다.

"음에는 도레미파솔라시도의 팔 음계만이 있는 것이 아니라네. 음계와 음계사이에는 수도 없는 음이 있지. 그 음들을 많이 잡아낼 수 있는 악기가 명기인데, 세상에서 가장 여린 금(琴)이 바이올린이지. 바이올린만이 음계 사이에 있는 이러한 미세한 음들을 잡아낼 수 있지. 세상 사람들은 바이올린을 연주하는 사람을 가리켜 바이올리니스트라 부른다더군."

나는 노인의 말이 참으로 황당무계하게 들렸다. 무명 적삼을 입고 상투를 튼 노인이 바이올리니스트라니. 그래서 다시 물었다.

"어르신께서 연주하신 바이올린은 어디 있는지요?"

노인은 툇마루에서 나를 내려다보며 알 듯 모를 듯한 미소를 짓더니만 오른손 인지를 펴서 내 가슴께를 겨누었다. 나는 내 가슴을 내려다보았다. 마당에는 내 그림자만이 기다랗다 드리우고 있었다. 노인은 어리둥절해 있는 나는 아예 관심이 없다는 듯 혼자서 말을 이어 나갔다.

"세상에는 우리가 알지 못하는 금이 있다. 그 금은 바이올린보다 몇 만 배나 더 미세하고 여린 악기다. 사람들은 다들 그 금을 하나씩 가지고 있는데, 보이는 것만 보는 사람들은 그걸 알지 못한다. 그 금(琴)의 이름이 바로 심금(心琴)이다. 보이는 금을 연주하는 사람을 악사라 한다면, 보이지 않는 금을 연주하는 악사를 문학가라 부른다. 심금은 새의 날갯죽지 아래 붙은 솜털보다 더 여린 것에도 소리를 낸다. 악기를 모르는 자가 악사가 될 수 없듯이, 심금을 모르는 자는 문학가가 될 수 없다. 수다와 문학이 다른 점은 소음과 음악의 다른 차이와 같다. 문자로 심금을 울려, 사람을 울리고 웃기고 뛰고 춤추고 때로는 고요하게 잠들게 할 줄 알아야 진정한 문인이라 할 수가 있다."

말을 마친 노인이 다시 책을 집어 들더니만 달빛 아래 펴들었다. 한 개의 달이 즈믄 강물에 비취는 소리가 들렸다. '월인천강지곡(月印千江之曲)'[4]이었다. 나는 귀신에 홀렸는가 하여 눈을 부비고 노인을 찾으니 노인은 간곳없고 내 발걸음이 어느 빈 초가의 뜰에 머물러 있었다. 월하에 그렇게 상상하며 홀로 산책하던 길이었다.

---

4) 달은 하나지만 비치는 강물마다 그 아름다움이 다르다는 뜻으로 씀

58

구월의 나무

구월의 나무는 목이 탄다. 햇살이 아직 따가우니 철모르는 잎들과 열매들은 더 많은 물을 달라고 보챈다. 땅은 하루가 다르게 식어간다. 언제부터인가 매미도 잠자리도 날아오지 않는다. 흙 속의 습기도 줄어든다. 곧 땅이 얼지도 모른다. 그렇다고 이제 와서 물 한 모금 때문에 우는 소리를 낼 수는 없다. 쓰러질 때 쓰러지더라도 끝까지 나무의 품위를 지켜야 한다. 남은 힘을 죄다 뿌리로 모아 주변의 물들을 끌어 올려 잎과 열매에게로 보낸다. 잎은 그 물로 마지막 푸름을 빛내고 열매는 더욱 크게 자란다. 이것이 구월의 나무가 여름 나무보다 더 싱싱해 보이는 까닭이기도 하다.

한로(寒露)가 내리면 잎들도 이제는 뿌리가 옛날처럼 물을 보내올 수 없음을 안다. 나무는 그가 드리운 가지에서 새들과 바람이 쉬어가던 지난여름을 생각한다. 모두들 내 그늘에 깃들어서 즐거이 노래했음을 생각한다. 그리고 다짐한다. 목이 마르다고 천박하게 아우성을 치지 말자. 여름의 기품을 잃지 말자. 비바람이 휘몰아쳐서 가지가 부러지고 익지 않은 열매들이 떨어져나가 흙 밭에 뒹굴 때도 기어이 땅을 부여잡고 버티어 낸 세월이다.

뜨거운 햇볕이 기승을 부리면 또 얼마나 많은 사람들이 나의 그늘에서 지친 몸을 쉬어갔던가. 내 그늘에서 수박을 깨고 장기를 두고 그러다 심심하면 낮잠까지 늘어지게 자곤 하지 않았던가. 아무도 내게 위로를 보내지 않고 아무도 내게 감사하지 않는다 하더라도 슬퍼하거나 노하지 말자. 어차피 삶은 자신의 것이지 누구에게 보이기 위한 게 아니지 않은가.

어떤 이들은 나를 보며 한때 그 잘나가던 위용은 어디 갔느냐며 비웃을지도 모른다. 그들은 나를 가엽게 여기듯 말하겠지만 오히려 내 처지를 통해 작은 안도감이라도 얻을 것이니 오히려 다행이지 않는가. 내가 할 일은 삶은 구차한 것이 아니라 그래도 살만한 것이라고 마지막까지 허리를 꼿꼿하게 세우고 증언해 보이는 일이다. 그것은 나무만이 할 수 있는 일이고, 그게 바로 나무의 사명이다. 나무는 잎들에게 이별의 때가 가까이 왔음을 알린다. 떨어질 때 지더라도 의연하게 져야 한다고 묵언으로 전한다.

'우리는 봄부터 지금까지 부지런히 꿈을 키워왔으며, 이제 우리의 가지에 그 꿈이 영글고 있다. 꿈이 있는 자는 주변의 어떤 소리에도 흔들리지 않고 오직 꿈만을 바라본다. 꿈은 어떠한 조롱도 비웃음도 침투하지 못하는 철갑옷 같은 것. 그대 상처뿐인 삶의 흔적을 영광스런 훈장으로 바꿔주는 것. 꿈을 꾸는 자는 변화를 두려워하지 않는다.'

잎들도 더 이상 목마름에 떨지 않기로 한다. 꿈을 위해 깨끗이 낙엽으로 질 것을 각오한다. 자신이 마실 물을 죄다 열매에게 보내준다. 그리고 한 해 동안 수고한 나무를 위하여 마지막 잔치를 준비한다. 모든 잎들이 형형색색으로 물든다. 세상의 어느 디자이너가 만든 옷보다 아름다운 의상이다. 자신이 지닌 모든 것을 아낌없이 다음 세대로 넘겨줄 결심을 한 자만이 입을 수 있는 영광의 옷이다.

잔칫상을 받아들고 나무는 가지와 잎들에게 당부를 남긴다. '꿈을 만드는 자는 꿈을 수확하지 못한다. 우리의 꿈을 딸 자는 우리가 아니라 다람쥐나 청솔모, 산꿩 같은 들짐승들이다. 저들은 우리가 꿈을 만들 때 한 터럭의 도움도 주지 않았다. 그들은 우리의 열매를 먹고 감사하기는커녕 꼭지만 남은 자투리를 저 멀리로 내팽개쳐 버린다. 꿈을 이루고서도 꿈을 수확하지 못한다는 것은 슬픈 일이다. 게다가 자신의 꿈이 내동댕이쳐지는 것을 보는 일은 고통을 넘어서 분노할 일일 수도 있다. 그러나 다시 생각해 보라. 우리의 꿈이 진정 무엇이었는가를. 저들이 우리의 꿈을 내

팽개침으로 해서 우리 후손들은 더 멀리로 퍼져나가 뿌리를 내리고 새로운 삶의 터전을 얻지 않는가. 우리의 진정한 소망은 열매에 있지 않고 그렇게 대를 이어 번성하는 데에 있는 것이니, 우리는 우리의 꿈을 하찮게 여기는 저들에게 더 맛있는 과육을 진상하고 또 감사해야 할 것이다.'

작은 바람에도 낙엽이 우수수 떨어진다. 열매는 나무가 그리고 잎이 남겨준 물을 저 혼자서 다 마시고 불과 열흘 만에 두 배로 커진다. 꺾일 듯 휘어진 가지가 찢어질 듯 아프지만 그것은 나무의 보람이다. 또 과일을 수확할 때는 따고 싶을 때보다 한 보름쯤 더 기다렸다가 따야 크고 잘 익은 과일을 얻을 수가 있는 이치이기도 하다. 곧 서리가 내릴 터이지만 구월의 나무는 개의치 않고 버티어 서 있다.

59

걸으라, 계속 걸으라

여보게 젊은이, 그대 뛰어가지 마라. 뛰어가면 쉬 지치는 법이라네. 그대는 먼 길을 가는 나그네, 왜 꼭 일등이어야만 하는가. 바다 저 편으로 해가 저문다고 서둘지 마라. 삶은 일등이나 꼴찌나 다 똑같은 거야. 아니 꼴찌로 걷는 것이 더 아름다울지도 몰라. 차를 타고 휙 지나가 버리면 지는 노을의 아름다움을 느낄 시간이 없고, 달음질하듯 산을 뛰어 내려가 버리면 숲속의 새들이 지저귀는 소리도 듣지 못한다네. 사람들은 모두 앞서 달려가야 더 많은 것을 얻는다고 생각하지. 그런데 말이야, 천천히 가면서 주변을 잘 살피면 더 많은 것들이 길가에 널브러져 있는 것을 알게 되지. 천천히 걸으면서 그런 것들을 주워서 예쁘게 만들어라.

나는 말이야 직장을 다니면서 통신대학 경영학과를 졸업했어. 수백만 원의 등록금을 주고 가는 길이 아닌 단돈 몇 십만 원으로 대학을 마칠 수 있는 길을 갔었지. 그건 그때 내가 처한 환경에서 내가 선택할 수 있는 최선의 길이었어. 직장 다니면서 학점 따는 게 쉬운 일은 아니야. 포기하고 싶을 때가 한두 번이 아니었지. 포기하기도 했지만 다시 일어나서 걸었지. 5년 만에 졸업할 것을 7년 만에 졸업했어.

지식은 알면 되는 것이지 꼭 1등을 해야만 되는 게 아니라는 생각을 했지. 늦었지만 지금부터라고 알면 된다는 마음으로 터벅터벅 걸었지. 나의 목표는 꼴찌로라도 졸업을 하는 데 있었어. 좋은 대학 나왔다고 죽을 때까지 간판만 팔아서 살려는 사람들이 많아. 그건 가짜야. 어느 대학을 나왔느냐가 중요한 게 아니라 얼마나 아느냐가 중요하지.

돈을 버는 일은 아주 중요한 일이야. 자유인으로 살아갈 수 있도록 해주는 것이 돈이지. 돈을 하찮게 여기는 사람일수록 돈에 가장 먼저 무너지지. 돈을 버는 일은 나 자신은 물론 처자식과 부모님을 먹여 살리는 일이야. 그걸 소홀히 하면 안 되지. 사람들을 사귀고 부지런히 남에게 유익을 주는 사람이 되려고 했지. 일 등을 하려는 마음만 버리면 얼마든지 좋은 인간이 될 수 있지. 그리고 시간과 싸웠지. 저축은 시간과의 싸움이야. 처음에는 보잘 것 없던 작은 돈도 모이고 쌓이면 큰 힘을 발휘하지. 빨리 먹는 밥은 채하기 마련이야. 천천히 시간과 싸워서 이기는 사람이 진정한 용사야.

여보게 젊은이, 그대는 먼 시간, 먼 길을 걸어가야 할 나그네. 서둘지 마시게. 서두르면 마음이 불안해져서 대충대충 하게 되지. 돈도 공부도 하루에 해야 할 양을 정해 놓고 차근차근 그날의 목표를 달성해 나가시게. 세상에는 부정한 방법으로 일확천금을 꿈꾸는 사람들이 너무 많아. 그것도 가짜야. 가짜는 진짜의 반대말이지만, 가짜를 반대로 한다고 진짜가 되는 것은 아니라네. 가짜를 비틀고 분칠해 봤자 '짜가'가 될 뿐이지. 세상에는 가짜도 못되는 '짜가'들이 너무 많아.

목표가 높으면 사람을 빨리 지치게 하지. 서른여덟에 대학원을 갔지. 무역학을 전공했어. 3년 만에 졸업하는 것을 5년 만에 졸업했지. 나도 사람인데 어찌 포기하고 싶지 않았겠는가. 그래도 다시 일어나서 걸었지. 법학을 공부하고 싶어서 또 통신대학교 법학과에 편입했지. 등록했다 포기하기를 몇 차례 하고서 드디어 올해 학점을 땄지. 졸업논문은 다 써 놓았으니 내년 여름학기에 졸업만 하면 되지. 아마 다음번에는 국문학과를 또 하게 될지도 모르겠어. 실력은 쌓으면 되는 것이고, 돈은 벌면 되는 것이지 꼭 1등을 해야 할 필요는 없는 것이야.

여보게 젊은이, 상 받는 거 좋아하지 마시게. 상을 받는 순간 그대는 상의 노예가 되고 만다네. 아니 자네만 노예가 되면 괜찮겠지만 그대로 인해 상을 받지 못한 다른 사람들까지 상의 노예가 되게 만들지.

　이보게, 젊은이. 세상의 상이란 상은 죄다 목적의식을 갖고 만든 거야. 순수한 상은 없어. 누가 그대에게 상을 주려하거든 멀리 달아나시게. 내가 어른이 되고 지금까지 감사패, 공로패, 표창장 하며 받은 상이 대략 50여 개 될 거야. 그거 전부 다 가짜야. 날 부려먹으려고 준 거지. 그 중에 진짜가 딱 한개 있어. 골프 싱글 축하기념패야. 그날 라운딩한 동반자들이 만들어 준 것인데, 진짜 내 실력으로 78타를 쳤지. 오케이나 멀리건 같은 것은 일체 없었지. 나는 그걸 가장 자랑스럽게 생각해. 티끌 하나도 거짓이 없기 때문이지.

　여보게 젊은이. 그대 진정한 자유를 원한다면 상으로부터 멀리 떨어져서 가능한 한 꼴찌로 달리시게. 그렇다고 일부러 문제아가 되진 마시게. 세상 사람들은 자기보다 약해 보이는 누군가를 향해 돌을 던지는 것을 좋아한다네. 어리석은 그들이 그대를 향해 돌을 던질까 저어하니 일부러 문제아가 되진 마시게. 경쟁의 대열에서 한 발만 물러서면 상을 위해, 일등을 향해 영혼을 파는 자들의 가련한 모습들이 보일 것이야.

　여보게 젊은이.

　그대에게는 시간이 많이 있어. 시간은 신이 그대에게 준 상이고 보배야. 수조 원의 돈을 가진 죽을 날이 다 된 부자가 있었어.

하나님이 그에게 젊은이의 생명을 1년에 100억 원씩 주고 살 수 있도록 허락했다고 하자. 내가 그 부자라면 1조 원을 주고서라도 100년의 삶을 사지 않겠는가.

먼 길을 가는 젊은이, 그대는 수천억 원이 넘는 재산을 가진 부자야. 그 귀한 시간을 허비하지 말고 일어나서 걷게. 서둘지 말고 차근차근히 계획을 세워서 자신과 싸워서 이기는 삶을 살게. 재수 삼수 오수라도 그게 무슨 대수인가. 뛰어가는 것들의 대부분은 가짜야. 가짜는 결코 자유인이 될 수가 없어. 이보게, 젊은이. 그대 서둘지 말고 또 쉬지 말고 걷게. 그리고 삶을 즐기게. 그대는 자유인이 아닌가.

60 | 새

새가 날고 있다. 어제 본 하늘에도 세가 날았다. 새는 왜 나는
가? 새가 새인 것은 날개를 가졌기 때문인가? 새에게서 날개란
무엇인가? 새의 날갯짓이 꼭 먹이를 잡기 위함만 인가? 배가 부른
새들은 날지 않는가? 살찐 새들은 여윈 새들보다 더 행복한가?
타조, 닭, 오리 같이 하늘을 날지 못하는 새는 새가 아닌가? 새란
새들은 죄다 먹이를 잡기 위해서만 나는가? 멋있고 우아하고 더
화려하게 날고 싶어서 나는 새는 없는가? 심심해서 나는 새들은
없는가? 새의 마지막 종착점은 어디인가? 하늘인가? 숲인가? 둥
지인가?

새는 내일도 하늘을 날 것인가?

새가 영원히 공중에 매달려 있을 수 없는 날갯짓을 되풀이하는
이유는 무엇인가?

새가 되어서 새처럼 날고 싶다.

61

위키리크스적 깨우침

올해는 초파일날 절에 가지 않았다. 불교신자는 아니지만 그래도 1년에 한 번 부처님 오신 날은 연등을 달고 절밥도 먹으며 하루를 보냈는데 금년에는 쉬기로 했다. 뭇사람들에게 떠받들려서 부처가 된 양 착각하고 사는 분들도 자신을 성찰해보는 조용한 시간이 필요하리라는 생각이 든 때문이다.

나는 자신을 무오하다고 여기는 사람들을 보면 두렵다. 자기신념을 남에게 강요하는 사람을 만날 때도 그러하고, 행진곡이나 군가를 들을 때도 같은 느낌을 받는다. 젊었던 시절에는 멋있고 기백이 넘친다는 생각을 했는데 요즈음에 와서는 아니다. 주변에서 이런 사람을 만나거나 이런 유(類)의 노래 소리가 들리면 나는 나도 모르게 "그게 아니야!"라고 외치고 싶어진다. 뭉크가 그린 그림 '절규'를 보면 더더욱 그러한 느낌을 받는다.

사람의 정신을 획일화시켜 나가는 무리들을 보면 백이면 백,

전부다가 그 자신이 먼저 오류에 빠져 있다. 자기 행위의 올바름과 자기 판단의 완전함을 맹신하는 사람보다 더 무서운 사람은 없다. 그런 사람들이 사람을 질타하고 선동한다. 종교가, 언론인, 정치가, 학자들 중에 이런 사람들이 많다.

나는 자아를 깊이 성찰한 연후에 오는 자신의 바른 모습을 보고 인간의 흠 많음을 이해하는 사람을 존경한다. 그런 분들의 말씀은 대개가 따뜻하다. 인간이란 어떤 존재인지를 알고서 하는 말씀임으로 고기가 물을 따라 오르듯이 사람들이 저절로 모이고 따른다.

위키리크스는 정부, 기업, 종교단체 등 거대집단의 불법적 비리 문서를 고발하고 폭로하는 사이트다. 나는 무오한 영역에 있다고 여기는 조직과 사람들의 오류를 널리 드러내는 이런 일에 대해 찬성하는 사람이다. 인간의 가장 큰 타락은 자신을 완전하다고 여기는 것이다.

자신을 완전하다고 여기는 자들에게도 오류가 있음을 세상에 드러내는 일은 남의 허물을 들추어내는 비열한 짓이 아니라 그들을 추종하는 어리석은 인간들에게 빛을 선사하는 복음이다.

조계사 고위직 승려들이 호텔에서 밤새도록 도박을 한 사건이 TV에서 방영되었다. 관련하여 조선일보 최보식 기자가 쌍계사 조실 고산스님과 초파일 대담을 한 자리에서 "내가 아는 승려들 중에는 술도 마시고 고기도 먹는 분들이 있다. 이들은 '계율은 작은 것이다. 계율에 매여선 안 된다. 이를 뛰어넘어야 깨달음과 무애(無碍)의 경지에 이른다'고 말한다.''는 질문을 던졌다.

무애의 경지를 드러내는 방법이 술 마시고 고기 먹는 일 말고는 다른 표현방법이 없는지를 물은 것이다. 스님 말씀이 '다생습기(多生習氣 : 오랜 생에 걸쳐 몸에 밴 습관)' 탓이라고 하였다. 쉬운 말로 하면 사람은 누구나 다 욕망을 떨쳐 내기가 어렵다는 말씀이다.

다생습기(多生習氣)가 어디 수도하는 분들에게만 있겠는가. 수도하는 분들의 숨겨진 이면을 본 많은 사람들은 그들도 나약한 인간에 불과하다는 사실을 알고 큰 충격을 받았을 것이지만, 그 폭로가 꼭 부정적인 것만은 아닐 것이다. 세상의 그 어떠한 것도 맹목적인 추종을 해서는 아니 된다는 새로운 깨우침을 준 것이기도 하기 때문이다.

우리 사회는 아직도 주사파와 종북 세력이 횡횡한다고 한다. 교조적이고 맹신적인 이념이 인간의 영혼을 황폐화시킨다. 인간 사회의 양면성은 결국 인간 내면의 양면성 때문에 빚어진다. 이걸 인정하고 자신에 대해서 솔직한 사람이 비록 흠이 있을지라도 남을 속이지 아니한다는 생각 때문에 위키리크스를 지지하지 않을 수가 없다.

인간의 영혼 속에는 누구를 불문하고 간음한 여인을 향해 돌을 던지려는 사악함이 숨어있다. 자신의 사악함이 자기 눈에 보여야 비로소 사람을 사랑하고 돌을 던지는 것을 멈추게 된다.

인간은 이념이 아니라 생명이다. 생명은 존재 그 차체로서 위대하고 존엄하다. 신앙은 스스로 이걸 깨우치는 것이고 위키리크스는 내 눈 속의 들보를 끄집어내어서 보여 주며 강제로 깨우쳐 주는 것이다.

문학, 그 깨우침과 소통의 길에서

소통을 주제로 카페에 글을 올리면 많은 사람들이 클릭을 하며 관심을 갖습니다. 현대인들의 소통에 대한 갈증이 어느 때보다 크다는 것을 알 수가 있습니다. 내가 성서나 불경의 가르침을 인용하여 소통의 이야기를 쓰는 것은 사람들이 가장 많이 읽고 접하는 경전이기에 설명의 편의를 위해 그리하는 방편일 뿐이며 다른 의도는 없습니다.

나는 기독교 십계명중 우상을 섬기지 말라는 가르침에 적극 동의하는 사람입니다. 그리고 인간의 생각이 도그마가 되어 "틀"이 되는 것을 우상이라고 생각하는 사람입니다. 우리의 마음속에 "틀"이 형성되면 우리는 그 즉시 틀에 갇히고 말아 소통부재에 빠지게 되고 자유성을 상실 합니다. 나는 아무리 위대한 철인이나 종교가라도 그들의 생각에 오류가 있다는 주장에 동의합니다. 또 누군가가 무오한 영역에 까지 깨우침을 얻었다 하더라도 그가 본 것을 세상 사람들에게 전할 때 오는 소통의 오류로 인해 제대로 전해지는데도 한계가 있다는 생각을 합니다.

그러나 분명한 것은 내 앞 시대를 살다 간 대 문호나, 종교가, 철학자들이 자기 자랑이나 하려고 글을 남긴 것은 아니란 사실입니다. 그들은 내가 보는 세상과는 다른 세상을 보았고 그가 본 것이 후세의 사람들에게 유익을 준다는 확신을 가지고 글을 남긴 것만은 틀림없다는 사실입니다. 그들은 그들이 본 세계를 가능하면 쉽고 명확하게 전달하려고 다양한 비유를 사용하였습니다만 내가 어리석으니 그게 비유인지 현실인지 또 비유라면 무엇을 비유한 것인지를 알지 못하여 결국은 "들을 귀가 있는 자"들에게만 들렸을 뿐이라는 것입니다. 선현들의 글을 읽으면서 또 글을 쓰면서 나는 이점을 가장 슬퍼합니다.

수 천 년의 역사동안 내 앞을 살다간 그 많은 현자들이 잠을 자지 않고 남긴 글 속의 진리를 내가 제대로 이해하지 못한다는 사실, 설사 이해했다고 하더라도 그걸 더 쉽고 명료하게 다음 세대로 전하지 못한다는 사실, 그래서 개가 그 토한 것을 다시 삼키듯이 내 후손들이 몽매함 속에서 미련한 짓을 계속 되풀이 한다는 사실을 나는 슬퍼합니다. 나 또한 소통의 부재에 빠진 것입니다.

백아에게는 종자기가, 공자에게는 안회가, 예수에게는 베드로가, 석가에게는 가섭이 가장 잘 소통했던 분들 일 것입니다. 그런 세계의 이야기를 주고받는 기쁨을 알려면 결국은 영적으로 교감이 되는 사람을 얻어야 하는데 평생에 그런 친구 한 사람을 얻기가 어디 그리 쉬운 일이겠습니까? 문우님들은 누구와 가장 잘 소통이 되는지 참으로 궁금해지는 요즈음입니다.

범인들이 신(神)을 찾음은 깨우침에 대한 목마름 때문이 아니라 지친 영혼을 위로 받고자 하는 것입니다. 그걸 이용하여 인간의 행위를 선악으로 분별하고 죄인으로 몰아세워 신을 공포의 대상으로 가르치는 사람들이 많이 있습니다. 신은 몽매한 우리 인간들을 깨우침의 세계로 인도하여 본래부터 주어져 있는 행복한 삶을 누리도록 바라는 분이지 공포의 대상이 아닙니다. 신의 마음에는 오로지 깨우침에 이르지 못하는 인간을 불쌍히 여기는 마음만이 있을 뿐 입니다. 어찌 그걸 아느냐고요? 인간인 나도 그리 생각하는데 하물며 신이란 분이 나보다도 생각이 얕을 리가 있겠습니까. 우리가 섬기는 신이 진리의 신이라면 마땅히 그리하지 않을 수가 없는 것입니다.

소통은 어리석은 인간을 깨우침에 이르게 하는 유일한 수단입니다. 소통이 어렵습니까? 내가 부모의 마음, 아내의 마음, 친구의 마음, 자식의 마음, 이웃의 마음을 알려면 어찌해야 합니까?

당연히 그들의 마음이 되어 보면 압니다. 내가 가난한 자의 마음, 버려진 자의 마음, 장애자의 마음을 알려면 어찌해야 합니까? 그 역시 그들의 마음이 되어 보면 압니다. 예수의 마음, 부처의 마음, 하나님의 마음도 내가 그 분들의 마음이 되어 보면 알 수가 있습니다. 하나님의 마음에서 인간을 보시면 그 즉시 하나님과 소통할 것이고 인간의 마음으로 인간을 살피시면 인간들과 소통할 것이고 온갖 미물의 마음으로 그들을 살피시면 삼라만상과 소통 할 것입니다. 이게 가능하려면 먼저 내 마음의 흐름에 "벽"이 없어져야 합니다. 위로는 하늘과 옆으로는 인간과 아래로는 삼라만상과 자유자재로 소통하는 능력, 그게 참 자유입니다. 의식이 대 자유의 경지에 이른 분 만이 할 수 있는 일입니다.

남들과 소통이 잘 안 되는 분들은 소통을 시작하기 전에 내가 어떻게 말해야 내 뜻이 저 사람에게 제대로 전달될까를 5분간만 상대의 입장과 수준을 고려한 후에 말을 하십시오. 그래도 도저히 소통이 안 되는 사람은 어떻게 해야 하느냐고요? 그래도 버리지는 마십시오. 버려지는 영혼보다 더 불쌍한 존재는 없습니다. 지금 우리가 소통부재에 빠진 것 같으니 좀 쉬었다가 나중에 다시 이야기하자고 하시고 그에게 생각할 시간을 주고 스스로 깨우침에 이를 때까지 기다리십시오. 인간은 누구나 다 자기를 방어하기 위하여 자신을 합리화를 시키는 때문에 생각을 깨고 나오기가 어렵다는 것을 이해하시고 절대로 짜증을 내거나 화를 내지 마세요. 답답하다고 짜증을 내거나 화를 내면 상대방은 자기를 공격하는 줄로 알고 적(敵)으로 돌아서게 됩니다.

선악과를 따먹고 하나님(진리)과의 소통 부재에 빠진 인간, 바벨탑을 쌓고 인간들과의 소통의 부재에 빠진 인간, 그 막힌 벽을 뚫으려고 노력도 하지 않는 인간, 오로지 자기 합리화에 빠져 자기 생각만하는 인간, 그러다가 결국에는 태어나지 않은 것이 더 나을 뻔 한 지경에 까지 이른 인간, 그런 인간들의 무지함을 일깨우는 길이 곧 소통입니다. 깨우침을 얻기 전에는 세상 어디에도 길은 없습니다.

"깨우침과 소통"

그게 길이요 진리임에도 우리는 깃발만 보이면 뭣도 모르고서 그리로만 쫓아갔습니다. 성서와 불경, 고래로부터 전해오는 수많은 경전과 철학서는 그 속에 숨겨져 전해오는 보물들이 있습니다. 거기서 단 한 줄만이라도 깨우침을 얻어 문학으로 형상화 시킨다면 위대한 작품이 태어 날 것입니다. 문학이란 깨우침과 몽매함 사이에서 진리를 전하는 또 다른 소통의 한 방편이기 때문입니다.

파스칼은 《팡세》에서 "인간은 생각하는 갈대"라고 썼습니다. 로댕은 "생각하는 사람"을 조각 했습니다. 반가사유상은 "사유하

259

는 인간"을 신앙으로 까지 승화 시켰습니다. 첫 번째 수필집을 내고 3년 여 동안 1백여 편이 넘는 글을 썼습니다. 쓸 만한 것만 추려서 묶었습니다. 제목을 ≪생각 속에 갇힌 인간≫ 으로 정했습니다. 생각하고 사유해야 하는 이유가 생각의 틀을 벗어나기 위함이란 것을 책을 묶으면서 깨달은 때문입니다. 세르반테스가 ≪돈키호테≫를 썼지만, 돈키호테가 생각이라는 투구 속에 갇힌 것을 아는 사람은 지금도 극히 소수의 사람들뿐일 것입니다. 미숙하지만 이 책을 읽고 공감을 하는 누군가가 있다면 그 동안의 수고에 대한 보람으로 여길 것입니다. 글을 쓸 수 있도록 힘과 용기를 주신 문우들과 지인들, 선우미디어 이선우 사장님께 특별히 감사를 드립니다.

생각 속에 갇힌 인간

2013년 1월 2일 1판 1쇄 발행

지은이 · **정임표** | 발행인 · 이선우
펴낸곳 · 도서출판 **선우미디어**
등록 | 1997. 8. 7 제300-1997-148호
110-070 서울시 종로구 내수동 75 용비어천가 1435호
☎ 2272-3351, 3352 팩스: 2272-5540 sunwoome@hanmail.net
Printed in Korea ⓒ 2013 정임표

값 10,000원

ISBN 978-89-5658-335-8 03810